Tanz ins Leben

Hella Westphal

Tanz ins Leben

Roman

Bibliografische Information der Deutschen Nationalbibliothek.
Die Deutsche Nationalbibliothek verzeichnet diese Publikation
in der Deutschen Nationalbibliografie; detaillierte bibliografische
Daten sind im Internet über http://dnb.dnb.de abrufbar.

Grafik: New Africa/ MikhailPopov/ Shutterstock.com
Lektorat, Satz, Umschlaggestaltung und Verlag:
BoD – Books on Demand GmbH,
In de Tarpen 42, 22848 Norderstedt

Druck: Libri Plureos GmbH, Friedensallee 273, 22763 Hamburg

ISBN: 978-3-7583-4169-4

Inhalt

Vorwort

Nun sitze ich wieder vor einem leeren Blatt und überlege, wie ich meine Ideen am besten umsetzen kann. Nicht wenige Stunden habe ich vor dem PC gesessen und an meinem letzten Buch herumgedoktert. Geschrieben, überarbeitet, liegen gelassen, vergessen, aufs Neue draufgestürzt, wieder geändert, noch mal drüber geschlafen und so weiter, und so weiter. Will ich mir das wirklich noch einmal antun? Aber natürlich!

Ich habe eine große Freude daran gefunden, zu formulieren, nachzudenken, Sätze zu bilden und wieder zu ändern, bis sie meinem Sprachgefühl entsprechen. Das kann schon mal ein längerer Prozess sein. Wenn ich daran denke, wie ich zu meinem ersten Buch gekommen bin, hat es inzwischen einige Fortschritte gegeben. Es war mir ein Bedürfnis, meine Familiengeschichte aufzuschreiben, um vor allem die Geschichten meiner Mutter, die sie uns Kindern oft am warmen Kachelofen erzählt hat, nicht in Vergessenheit geraten zu lassen.

Eine fast vergessene halb automatische Schreibmaschine war mein erstes Arbeitsgerät. Ich schrieb und schrieb, und dabei fiel mir eine Erzählung nach der anderen ein. Oft auch zu dem schon festgehaltenen Blatt, wodurch es schnell eine zusätzliche B-, C- und D-Seite gab. Ein ziemlicher Aufwand. Doch unverdrossen mit zunehmender Freude am Schreiben war es dann irgendwann geschafft. Die Neuen Medien waren mir nicht vertraut, doch der Verlag wollte eine Diskette und so kam ich sehr schnell zu meinem ersten PC, den ich heute nicht mehr missen möchte. Ich übertrug die ganzen Seiten, wobei ich gleichzeitig korrigierte und überarbeitete. Natürlich hätte ein anderer für mich das Geschriebene abtippen können, doch diese persönlichen Geschichten unserer Familie, meine Herzenssache, konnte ich nicht aus der Hand geben. Meinen PC habe ich schnell schätzen gelernt, denn eine bessere Schreibmaschine, mit der man löschen, ändern, ausschneiden, umsetzen und korrigieren kann, gibt es nicht.

Anders als meine Familiengeschichte und das daran anschließende Buch »Und dann kam Hannes«, in denen ich überwiegend meine Erinnerungen verarbeitet habe, nun also mein neues Werk. Es ist ein Roman.

Obwohl sie sich anfangs gar nicht leiden können, werden drei kleine Mädchen Freundinnen fürs Leben. Als Erwachsene gehen sie sehr unterschiedliche Wege, doch das Versprechen, sich wenigstens einmal im Jahr zu treffen, halten sie ein. Zwei sind erfolgreich in ihren Berufen, die Dritte kehrt von der Liebe enttäuscht zurück zu ihrer Familie in den kleinen Ort, den man auch als Kaff bezeichnen kann. Diese jungen Frauen bieten dem Schicksal die Stirn. Sie meistern selbstbewusst ihr Leben, kümmern sich nicht um die Meinung anderer und wollen einfach mit ihrem Lieblingsmenschen zusammen sein – egal ob mit Trauschein oder ohne, was in dieser Zeit noch ziemlich unüblich ist.

Gegen alle Unwägbarkeiten hat man keine Macht, und so gibt dieser Roman auch einem üblen Verbrecher Raum, sich zu entfalten.

Schönsee, der Ausgangspunkt der Geschichte, liegt an der Ostsee inmitten einer herrlichen schleswig-holsteinischen Landschaft.

Wenn auch hier der Fortschritt in den Siebzigerjahren nicht zu übersehen ist, landet man in einer ruhigen Gegend, die von der Landwirtschaft geprägt ist. Schwarzbunte Kühe auf den üppig grünen Salzwiesen und Rapsfelder, die im Frühjahr mit ihrem leuchtenden Gelb vor dem tiefblauen Meer eine wunderschöne Kulisse bilden. Im Sommer wiegen sich goldgelbe Kornfelder im lauen Wind. Der Strand mit dem feinen weißen Sand und das weite Meer, das man hören, sehen und riechen kann, locken Einheimische wie Badegäste.

Schönsee ist ein Ort, an dem nicht alle jungen Menschen, die hier geboren sind, leben möchten, an den sie aber immer gern wieder zurückkehren. Es sind die Sechziger- bis Siebzigerjahre. Alles im

Fluss, alles im Aufschwung. Der Tanz ins Leben kann beginnen.

Auch wenn der Leser meint, die Gegend zu kennen, sind der Name des Ortes sowie die Geschichte eine Fiktion, wobei die Protagonisten alle meiner Fantasie entsprungen sind. Ähnlichkeiten mit lebenden Personen sind zufällig und nicht gewollt.

Drei Mädchen

Linda, Anette und Vera werden zusammen mit anderen Kindern in der Dorfschule in Schönsee eingeschult. Hier bleiben sie die ersten zwei Jahre, bis die Schule geschlossen wird und alle Kinder aus den Dörfern der Umgebung in die Gemeinschaftsschule in Lütjenburg gehen müssen. Es ist erst einmal eine große Umstellung, mit dem Schulbus statt mit dem Rad in die Schule zu fahren, doch bald ist es Routine.

Anette und Linda kennen sich schon sehr gut, weil Linda mit ihrer Mutter und der älteren Schwester Frieda nach der Flucht bei der Bauernfamilie Bessen untergekommen ist. Frieda ist etwas zurückhaltend, aber die beiden kleinen Mädchen haben schnell Freundschaft geschlossen, sodass Linda praktisch zur Familie gehört. Anettes Mutter Minna sorgt immer dafür, dass die Kleine genug zu essen hat. »Och se is jo so dünn!« Und schon steckt sie ihr wieder etwas zu. Auch Schlafen ist sehr wichtig für sie. »So, nun macht ihr beiden man schön Mittagsstunde.« Und schon schickt sie sie in Anettes Kinderzimmer, wo sie zusammen in einem Bett tatsächlich ein wenig schlafen.

Überhaupt werden sie von Minna betüddelt und

behütet. Es ist für Linda eine schöne Zeit, in der sie sich auch mit Anettes Geschwistern anfreundet. An dem ältesten Bruder Heinz hat sie einen Narren gefressen. Ist er doch derjenige, der mit ihr herumtollt und Späße macht, der sie auch mit in den Kuhstall oder mit aufs Feld nimmt, was von ihrer Mutter nicht so gern gesehen wird. Wogegen Anton, der jüngere, die beiden Mädchen gern mal ärgert.

In der Schule treffen Anette und Linda nun auf viele andere Kinder und müssen sich erst mal eingewöhnen, was nicht immer so einfach ist. Hier lernen sie Vera kennen, die lang und dünn in der Ecke steht und die anderen Kinder skeptisch unter die Lupe nimmt. »Linda, guck mal die da, wie die uns alle anglotzt.« Anette ist nicht gerade von der neuen Mitschülerin angetan, wobei sie Linda mit auf ihre Seite zieht. »Und die Haare, sollen das etwa Zöpfe sein?« So lästern sie noch eine Zeit lang weiter. Vera bemerkt, dass die beiden zu ihr hinschauen, denn sie verraten sich durch ihre Gestik und ihre Grimassen. Sie streckt die Zunge heraus, was die können, kann Vera schon lange. Endlich werden sie in den Unterricht gerufen. Hier müssen sie auch noch zusammen auf einer Bank sitzen. Während Herr Asmussen sich um die anderen Kinder kümmert, bricht bei den drei Mädchen ein Tumult aus. »Was ist denn hier los, wisst ihr denn nicht, dass man in der Schule leise zu sein hat?« Sie schauen ihn mit großen Augen an und Vera sagt leise: »Das ist meine Schuld, ich habe mich zu breit gemacht.« Damit hat sie bei Anette und Linda ein Stein im Brett, und als sie dann in der Pause noch vorschlägt, Fangen zu spielen, ist das Eis gebrochen.

So werden sie, obwohl sie sich anfangs nicht leiden können, mit der Zeit richtige Freundinnen. In den Pausen stehen sie immer beieinander, quatschen oder toben herum. Die drei Mädchen halten zusammen wie Pech und Schwefel.

Oft treffen sie sich auch an den Nachmittagen, um noch etwas zusammen zu unternehmen.

Anfangs gehen auch die älteren Geschwister in die gleiche Dorfschule. So werden alle Kinder von der ersten bis zur letzten Klasse in einem großen Raum von einem Lehrer unterrichtet, bis dieses Modell ausläuft. Meistens sind die Schultage entspannt, sodass es Spaß macht zu lernen. Natürlich gibt es auch mal Ärger, wenn zum Beispiel die Hausaufgaben nicht gemacht worden sind oder ein paar Jungs sich nicht ausstehen können und in der Pause eine Prügelei losgeht, dass die Fetzen fliegen.

Doch von heute auf morgen kann so Schreckliches passieren, worauf niemand Einfluss nehmen kann. Die Kinder sitzen schon im Klassenraum, als Lehrer Asmussen mit ungewöhnlich ernstem Gesicht eintritt. »Guten Morgen, Kinder. Setzt euch! Ich muss euch heute leider eine sehr traurige Nachricht überbringen. Unser Mitschüler

Heinz Bessen hat gestern einen tödlichen Unfall erlitten.« Die Kinder sind wie versteinert, Heinz ist tot? Sie können es nicht glauben. Nun erklärt sich auch, warum Anette und Anton nicht zum Unterricht erschienen sind. Linda, die die ganze Aufregung bei Familie Bessen mitbekommen hat, muss natürlich trotzdem in die Schule gehen, obwohl sie ihren besten Freund verloren hat. Auch Vera ist sehr traurig, hat sie Heinz doch inzwischen durch die Besuche bei Anette und Linda gut kennengelernt. Erst langsam werden die Mitschüler etwas reger, und sie fragen sich, wie denn so etwas bloß geschehen konnte.

Ja, was ist passiert? Heinz, der als großer Junge schon in der Landwirtschaft mithelfen muss, ist mit dem Traktor unterwegs, um Stroh für die Kühe heranzuholen. Da es schon seit Tagen sehr viel geregnet hat, ist der Weg zum Strohdiemen ziemlich aufgeweicht. Es hat sich eine große Schlammpfütze gebildet, in die sein Trecker hineingelangt ist. Der Schlepper kippt zur Seite weg und Heinz gerät unter die schwere Maschine. Er überlebt den Unfall nicht. Eine tiefe Traurigkeit legt sich urplötzlich über seine Familie. Minna Bessen, die schon ihren Mann im Krieg verloren hat, ist verzweifelt, dass nun auch ihr ältester Sohn so früh durch ein furchtbares Unglück den Tod gefunden hat.

Im Gegensatz zur Mutter erholen die Kinder sich relativ schnell von dem schrecklichen Geschehen, denn sie wollen wieder spielen und lachen, sie trauern einfach anders als Erwachsene.

Ablenkung gibt es ja auch genug, denn sie müssen sich mit den neuen Gepflogenheiten in der Gemeinschaftsschule befassen!

Der Schulbus hält morgens an mehreren Stationen, um alle Kinder, groß und klein, einzusammeln, die in Lütjenburg munter in die Klassen stürmen. In umgekehrter Reihenfolge geht es nach Schulschluss zurück. Anette, Linda und Vera kommen zum Glück in die gleiche Klasse, und so können sie weiterhin zusammen lernen, sich gegenseitig unterstützen und vieles gemeinsam unternehmen.

Trotz der Enge in der Arbeiterwohnung auf dem Gutshof sind Veras Freundinnen nach der Schule immer gern bei Sievers zu Besuch. Sie brauchen nicht viel Platz, denn so ist es noch gemütlicher. Meistens hat Veras Mutter Maria Kuchen gebacken, den sie sich gern mit Kakao schmecken lassen. Besonders in der kälteren Jahreszeit vergessen sie am bollernden warmen Kachelofen beim Spielen und Herumalbern oft die Zeit. »Oh, schon so spät? Jetzt müssen wir aber los.« Natürlich ist es schon fast dunkel, und wieder müssen sie auf dem schmalen Fußweg vom Gut ins Dorf an dem wütend schnaufenden Bullen vorbei, der dort angepflockt auf der Wiese wild mit den Hufen stampft. In der Dämmerung ist es besonders unheimlich, denn man kann ihn nur schemenhaft erkennen, dafür aber umso lauter hören. Linda und Anette sind froh, mit dem Fahrrad unterwegs zu sein, da ist man zum Glück schnell an dem Untier vorbei. Obwohl es inzwischen dunkel geworden ist, sind die Mütter nicht sehr beunruhigt, denn sie wissen ja, wo sich ihre Mädels aufhalten.

Entwurzelt

Alwara Endrokat kommt wie so viele andere Menschen mit der Flüchtlingswelle nach Schleswig-Holstein. Sie landet mit ihrer alten Mutter und ihrem Sohn Jonatan in diesem kleinen Nest an der Ostsee. Jonatan geht hier wie alle anderen Kinder, ob geflüchtet oder einheimisch, erst mal in die Dorfschule und später in die Gemeinschaftsschule. Obwohl er ein Einzelgänger ist, schließt er sich während der Schulzeit selten aus, zudem ist er ein guter Schüler, an den sich die anderen wenden, wenn sie etwas nicht verstanden haben. Doch sobald die Schule aus ist, greift er nach seiner verschlissenen Aktentasche und rennt heim. Keiner seiner Mitschüler war jemals bei ihm zu Hause, das wäre Jonny, wie er von einigen seiner Mitschüler genannt wird, auch sehr peinlich. Nach den ersten Jahren, in der Großmutter, Mutter und Kind bei einer Familie im Dorf untergekommen sind, haben sie endlich eine kleine Wohnung in einer Fischerkate am Strand bezogen, leider ist seine Oma, die er sehr geliebt hat, nicht mehr dabei.

Die meisten Flüchtlinge sind inzwischen dort hingegangen, wo sie Arbeit gefunden haben. Viele sind ins Ruhrgebiet gezogen, um in der Kohle-industrie ihre Familien zu ernähren, andere suchen ihr Glück in der großen weiten Welt.

Hier am Wasser fühlt Jonatan sich wohl, wobei er sich noch wohler fühlen würde, wenn seine Mutter sich wie eine normale Frau verhalten würde, die für sich und für ihren Sohn Verantwortung übernimmt. In den seltenen Augenblicken, in denen sie nüchtern ist, verspricht sie ihm immer wieder, nicht mehr zu trinken, und es gibt nichts, was er sich mehr wünscht. Doch inzwischen kann er sich nicht vorstellen, dass sie es jemals schafft. Jonatan ist jeden Tag mehr oder weniger sich selbst überlassen.

Wie so viele andere Menschen, die nicht über ihre Kriegs- oder Fluchterlebnisse reden können, hat auch seine Mutter nie etwas darüber erzählt. Dass es furchtbare Ereignisse gewesen sein müssen, ahnt er nur. Zum Beispiel möchte er gern wissen, wer sein Vater ist. Doch auf seine Fragen antwortet sie nur ausweichend. Sie macht ihm aber klar, dass er nicht mehr lebt. Anscheinend weiß sie selbst nicht genau, was aus ihm geworden ist. Ist er im Krieg gefallen, oder hat er seinem Leben selbst ein Ende bereitet? Alles, was ihn betrifft, bleibt im Ungewissen. Es macht Jonatan traurig, denn er hat das Gefühl, dass seine Mutter seinen Vater nicht geliebt hat. Ist er etwa ein Vergewaltigungskind? Warum redet sie nicht mit ihm?

Manchmal schreit sie so schrecklich im Schlaf,

dass er hellwach in die Höhe schnellt. »Mama, Mama, wach auf, wach auf, du träumst!« Er fasst sie sanft an den Armen und versucht, sie zu wecken. Sie schreckt auf und schaut ihn mit angsterfüllten Augen an. »Mama, ich bin es doch, Jonatan, hab keine Angst!«

Alwara Endrokat ist immer noch eine schöne Frau, blond, schlank und hochgewachsen, kann aber inzwischen die Spuren ihrer Alkoholexzesse nicht mehr verleugnen. Ihre Haare sehen etwas ungepflegt aus und in ihrem Gesicht zeichnen sich typische Linien ab, die ein unsolides Leben verraten. Jonatan liebt seine Mutter und wünscht sich nichts mehr, als dass sie nüchtern bleibt und vielleicht sogar eine Arbeit aufnimmt. Er hat schon einiges versucht, doch alles ohne Erfolg. Manchmal grübelt er, wie sie wieder an den Alkohol gekommen ist. Er hat die Flaschen versteckt oder sogar ausgekippt, dennoch ist sie wieder betrunken, als er aus der Schule kommt. Wahrscheinlich ist sie wieder in der Kneipe im Dorf gewesen und hat sich von irgendwelchen Trunkenbolden aushalten lassen.

Er stellt seine Schultasche ab und sieht sich in dem verwahrlosten Wohnzimmer um. Seine Mutter schläft auf dem Sofa ihren Rausch aus. Ein überquellender Aschenbecher, benutzte Gläser, eine leere Schnapsflasche und mehrere zerfledderte Zeitschriften lassen den kleinen Couchtisch unter sich fast verschwinden. Es sieht aus, als wäre sie nicht allein gewesen. Jonny nimmt den Alkohol-, Zigaretten- und Schweißgeruch wahr und reißt angewidert das kleine Fenster auf. Er geht in die winzige Küche und bereitet sich auf dem alten Gasherd sein Mittagessen zu, das wieder mal der Einfachheit halber aus Spiegeleiern besteht. Ein Kanten Brot dazu, und schon ist seine Mahlzeit fertig.

Nur zu gern würde er einfach verschwinden, aber wer kümmert sich dann um seine kranke Mutter? So geht er stattdessen wieder an seinen Lieblingsort am Strand, auf die mit Strandhafer bewachsene Düne, schaut aufs Meer und lässt seinen Gedanken freien Lauf. Von hier aus kann er den ganzen Strand überblicken, der rechts an der wilden Steilküste endet und links sanft in den flachen Dünen ausläuft. Das Wasser ist glatt und die Farben gehen von hellem Türkis ins Dunkelblaue über. Die Wellen schwappen leise in regelmäßigem Einerlei an das Ufer. Möwengeschrei in den Ohren und in der Ferne Segelboote, die wie große weiße Vögel ihre Bahnen ziehen. Wie gern würde Jonatan mit ihnen davonsegeln und all seine Sorgen hierlassen.

Von seiner Warte aus entdeckt er zwei Spaziergänger, die sich ab und zu bücken. Vielleicht suchen sie Muscheln oder Bernstein.

Er könnte auch mal wieder nach Treibholz schauen, denn es macht ihm viel Freude, aus den schon vom Salzwasser vorgeformten Stücken

Figuren zu gestalten. Dann sitzt er bei seinem Freund Otto und schnitzt in aller Ruhe seine urigen Gestalten. Dazu fällt Otto meistens die eine oder andere Geschichte ein, die er dann in aller Ausführlichkeit zum Besten gibt.

Er beobachtet die beiden Strandgänger noch eine ganze Weile. Langsam setzt die Dämmerung ein. Zeit, nach Hause zu gehen.

Schon als er in die Nähe seiner Wohnung kommt, bemerkt er einen seltsamen Trubel. Was ist denn dort los? Auf einmal ist er unruhig und macht sich sofort Vorwürfe, so lange weggeblieben zu sein.

Ein Krankenwagen und ein Polizeiauto stehen vor der Kate.

Plötzlich rennt er los, denn ihm ist klar: Da muss etwas passiert sein. Ein Polizist hält ihn zurück, als er ins Haus laufen will. »Halt, Junge, da kannst du nicht rein!«

»Ich wohne hier, was ist mit meiner Mutter?«

»Bist du Jonatan Endrokat?«

»Ja, aber ist meiner Mutter was passiert?«

»Wo warst du die letzten Stunden?«

»Nach der Schule habe ich mir was zu essen gemacht und bin dann an den Strand gegangen. Warum fragen Sie das alles?« Jonatan ahnt Schreckliches.

»Deine Mutter ist tot aufgefunden worden. Es tut mir leid, mein Junge. Gibt es jemanden, der sich um dich kümmern kann? Kannst du zu deinem Vater?«

»Nein, einen Vater habe ich nicht. Wir sind allein, meine Mutter und ich, aber ich kann mich um mich selbst kümmern. Ich bin alt genug.«

In dem Moment taucht der Vermieter auf, der alte Fischer Otto Jensen, Jonatans großväterlicher Freund, der die andere Wohnung im Häuschen bewohnt. Er scheint den Polizisten zu kennen, denn er spricht ihn mit Namen an. »Hör mal zu, Hermann, der Junge kann erst mal bei mir wohnen. Wir beide kommen schon zurecht.«

Otto schiebt Jonatan vor sich her in seine Wohnung. Er möchte auf jeden Fall vermeiden, dass der Junge seine tote Mutter sieht, denn inzwischen ist der Leichenwagen vorgefahren.

Sie kommen in eine kleine Wohnung, die das Gegenteil von Jonnys Behausung ist. Ein wenig altmodisch eingerichtet, aber alles sauber und aufgeräumt. Ein leichter Geruch nach Pfeifenrauch vermittelt eine gewisse Gemütlichkeit.

»So, jetzt werden wir uns erst mal ein ordentliches Abendbrot zubereiten.«

Jonatan hat einen Kloß im Hals und verspürt absolut keinen Appetit, möchte seinen alten Freund aber auch nicht vor den Kopf stoßen. Als alles auf dem Tisch steht, versucht er sogar, ein paar Happen zu essen.

Otto sieht ihn ein wenig besorgt an, wobei sein wettergegerbtes Gesicht noch faltiger erscheint. »Was machen wir jetzt mit dir, Jonny? Ich glaube, du bleibst heute erst mal bei mir, denn noch kannst du nicht in eure Wohnung zurück.«

»Was soll ich bloß machen, Otto? Ich bin jetzt Vollwaise, aber ich will auf keinen Fall in ein Heim!« Er schluckt verzweifelt und kann plötzlich seine Tränen nicht mehr zurückhalten. Der große, traurige Junge, der soeben seine Mutter verloren hat, lässt sie einfach laufen.

Trotzdem weiß er, dass die unglückliche Alwara jetzt ihre Ruhe gefunden hat, und bei aller Trauer um sie ist ihm auch bewusst, welche Last von ihm genommen wurde. Jetzt wird er sich nur noch um sich selbst kümmern, denn er ist immerhin schon vierzehn Jahre alt. Dabei ahnt er nicht, wie schwer ihm das alles fallen wird.

Otto legt Bettwäsche bereit, damit Jonatan auf der Couch schlafen kann. Diese Fürsorge ist er gar nicht gewohnt, und deshalb ist sie ihm sogar ein wenig unangenehm. Solange er denken kann, musste er sich immer selbst behelfen, weil seine Mutter ihn nicht betreuen konnte. Trotzdem ist er seinem alten Freund sehr dankbar, dass er ihm zur Seite steht.

Er erinnert sich an so viele Stunden, die er bei ihm war, als er seinen Beruf als Fischer noch ausgeübt hat. Als er bei Sonnenschein vor dem Haus auf dem alten Hocker gesessen, die Netze geflickt und in aller Ruhe sein Pfeifchen geraucht hat. Gespannt hat Jonatan seinen Geschichten übers Fischen auf hoher See und manchen Klabautermannsmärchen gelauscht. Dabei konnte er wenigstens für kurze Zeit die Sorgen um seine Mutter vergessen.

*

Ohne einen Pfennig Geld und vermeintlich ohne jede Möglichkeit, etwas Sinnvolles aus seinem Leben zu machen, ist er losmarschiert. Das Einzige, was seine Identität verrät, ist sein Ausweis, den er noch vor Kurzem vom Amt erhalten hat. Den hütet er wie einen Schatz, ohne ihn jemals einem Menschen zu zeigen, denn dann müsste er befürchten, aufgrund seines Alters von vierzehn Jahren doch noch in ein Heim zu kommen. Die wenigen Habseligkeiten in seinem alten Rucksack verstaut, begibt er sich nun also auf den Weg in eine unbekannte Zukunft.

Eines Tages, als er im Morgengrauen von einem Bauern im Stroh entdeckt wird, kommt er auf die Idee, ihm seine Arbeitskraft anzubieten. Der Bauer fragt nicht lange, was der junge Bursche zu verbergen hat, denn in der Erntezeit kann er jeden gebrauchen, der anpacken kann. Jonatan arbeitet für Unterkunft und Essen, und noch ist er damit auch zufrieden. Doch lange hält er es nicht an einem Ort aus, zumal er befürchtet, dass nach ihm gesucht wird. So wandert er immer weiter durchs Land, arbeitet mal hier, mal dort. Es macht ihm Freude, in der Landwirtschaft zu helfen, und meistens hat er Glück, einen Bauern zu finden, der seinen Eifer schätzt und ihm sogar etwas Geld für seine Arbeit gibt, sodass er sich ab und zu auch ein paar neue Sachen zum Anziehen kaufen kann.

So vergehen Jahre, die aus dem mageren Bürschchen einen kräftigen, an der frischen Luft gebräunten jungen Mann machen, der von Schleswig-Holstein durch die schönen Landschaften bis nach Bayern wandert.

Bombennächte

1944. Theo Harder, Jahrgang 1938 ist ein Einzelkind und kommt aus einer alteingesessenen Hamburger Familie. Sein Vater Karl, ein großer, kräftiger Mann, ist Kaufmann und im Kaffeehandel tätig. Seine Mutter, eine behütete Tochter aus guten Verhältnissen, ist nicht gerade dafür geschaffen, in diesen schrecklichen Zeiten des Krieges mit der Realität fertigzuwerden. Ihnen gehört ein Mietshaus in der Innenstadt, in dem sie selbst eine große Wohnung zur Verfügung haben.

Theo kann sich nur noch an wenige Dinge in seiner frühen Kindheit erinnern, die sich überwiegend im Krieg abgespielt hat. Er weiß zwar noch genau, wo in seinem Zimmer das kleine Bett stand und wo das Bord hing, das er voller Stolz mit einer Sammlung verschiedener Blechautos bestückte. Auch wie oft er am Fenster stand und neidvoll in den Hof schaute, wenn die großen Jungs mit einem Gummiball herumbolzten und man das Flopp, Flopp, Flopp bis oben hören konnte. Aber viele andere Dinge sind einfach in Vergessenheit geraten.

So kann er sich auch nur noch dunkel an die eine bestimmte Bombennacht erinnern.

Die schrillen Sirenen reißen sie aus dem Schlaf, sie greifen eiligst ihre gepackten Notkoffer und stürmen nach unten. In unendlichen Stunden, verängstigt mit vielen anderen Menschen dicht gedrängt im Bunker, verbringen sie die Nacht.

Als sie am frühen Morgen den Untergrund wieder verlassen und das Tageslicht auf das zerstörte Wohngebäude fällt, bricht für Marga Harder eine Welt zusammen. Ihr Haus ist nur noch ein großer, qualmender Trümmerhaufen. Sie kreischt und lamentiert: »Was soll nun bloß werden, wo sollen wir hin? Es gibt nichts, wofür es sich lohnt, am Leben zu bleiben!«

Theo ergreift ihre Hand. »Mama, ich bin doch noch da. Ich bin schon groß.«

Nichts haben sie retten können, nur ihr nacktes Leben.

Sein Vater im Krieg an der Ostfront und seine Mutter ziemlich lebensfremd, da muss der kleine Theo schon früh erwachsen werden. Aber wie soll ein Kind von sechs Jahren wissen, wie es weitergeht? Keine Unterkunft, nichts zu essen und die Mutter unfähig, mit der Situation umzugehen.

Doch in allen, aber besonders in schlechten Zeiten gibt es erstaunlicherweise immer Menschen, die mitleidig jene unterstützen, denen es noch erbärmlicher geht.

So nimmt Frau Pohl, die rüstige ältere Dame aus dem Nebenhaus, das erstaunlicherweise kaum etwas abbekommen hat, die beiden bei sich auf. Es ist zwar eng in ihrer kleinen Wohnung, aber sie sind erst mal untergebracht und haben ein Dach über dem Kopf.

Vor dem Krieg hat Frau Pohl als Putzfrau bei Familie Harder die weitläufige Wohnung gereinigt. Da war das Leben noch in Ordnung, da haben die Großen die Kleinen genährt. In der jetzigen Situation ist es umgekehrt. Tante Pohl, wie Theo sie nennt, ist offenbar ein Organisationstalent. Oft ist sie stundenlang unterwegs und kommt mit Lebensmitteln zurück, aus denen sie etwas Schmackhaftes zubereitet. Wie sie an diese Sachen gekommen ist, hat sie nie verraten.

So haben sie Glück im Unglück und überleben dank ihrer Unterstützung das letzte Kriegsjahr. Als Theos Vater unverhofft zurückkommt, wird auch seine Mutter wieder ein wenig zuversichtlicher. Die fetten Jahre sind zwar vorbei, aber sie lassen sich nicht unterkriegen. Arbeit gibt es genug und langsam, ganz langsam geht es wieder aufwärts. In den Lücken, die die aufgeräumten Trümmerfelder hinterlassen, schießen moderne Mehrfamilienhäuser in die Höhe, die wegen der Wohnungsknappheit schon während der Bauzeit vergeben sind.

Auch Theos Familie zieht in eine Neubauwohnung.

Hier bleiben sie, bis das Schicksal wieder zuschlägt. Inzwischen hat Theo die Schule mit der Mittleren Reife abgeschlossen und ist bereits im dritten Lehrjahr, als seine Mutter schwer erkrankt und in einem Pflegeheim untergebracht werden muss. Sein Vater, der große starke Karl, kann das kaum verkraften. So macht Theo sich zu Recht Sorgen um beide Elternteile.

Eines Tages nach der Arbeit findet er seinen Vater mit schmerzverzerrtem Gesicht in der Küche am Boden liegen. »Papa, Papa was machst du bloß? Du darfst nicht sterben! Du bist noch viel zu jung!«

Doch sein Vater ist nicht mehr ansprechbar. Der Notarzt, der schnell eintrifft, kann ihm auch nicht mehr helfen. So erliegt Karl Harder mit zweiundfünfzig Jahren einem Herzinfarkt. Er lässt einen verzweifelten Jungen mit einer kranken Mutter zurück.

Als sie erfährt, dass ihr Mann gestorben ist, erlöschen auch die letzten Lebensgeister. Marga Harder wird das Bett nicht mehr verlassen.

Theo ist bei ihr, sooft es geht. Ihr Zustand verschlechtert sich zusehends, bis sie in seinen Armen stirbt. Er ist erschüttert. In so kurzer Zeit Vater und Mutter verloren zu haben, geht nicht spurlos an ihm vorüber. Nun ist er mutterseelenallein, hat weder Eltern noch andere Verwandte, die sich um ihn kümmern können.

Immer in seiner Nähe sein Schul- und Jugendfreund Udo, bei dessen Familie Theo ein und aus geht. Hier kann er bleiben und erfährt ein intaktes Zusammenleben, das ihn von seiner Trauer ein wenig ablenkt.

Nach seiner Lehre fängt Theo bei einer großen Versicherung als freier Mitarbeiter an. Er arbeitet sich schnell ein und ist ein guter Vermittler. Ein Mann, dem man vertrauen kann. Er mag Menschen und ist nicht in der Lage, jemanden übers Ohr zu hauen. Gern geht er zu seinen Kunden nach Hause, um in ihrer vertrauten Umgebung seine Verträge abzuschließen. So kann er gleich feststellen, ob die Leute in der Lage sind, die Beiträge zu bezahlen, oder ob sie die bestimmte Versicherung überhaupt brauchen.

So lernt er auch ein paar Jahre später Linda kennen. Sie wendet sich an seine Versicherung, weil sie sich beraten lassen möchte. Sie lernt Schneiderin und ist im dritten Lehrjahr. Ihre Meisterin hat gleich ihr Talent entdeckt und sie so gut es geht gefördert. So animiert sie Linda, ihre selbst entworfene Mode zu kreieren, wobei sie das Schnittmuster herstellen, den Stoff aussuchen und zum Schluss auch nähen muss. Diese Praxis kommt ihr später, als sie sich selbstständig macht, zugute.

Pünktlich zu dem angegebenen Termin klingelt es bei ihrer Tante Berta, bei der sie anfangs noch wohnt. Weil sie den Vertreter erwartet, öffnet sie die Tür und ist baff.

»Guten Tag, mein Name ist Theo Harder. Ich komme von der Versicherung. Sind Sie Fräulein Simoneit?«

Linda kann nur nicken. Niemals hat sie mit so einem jungen Mann gerechnet, der auch noch verdammt gut aussieht. Nach der ersten Sprachlosigkeit fängt sie sich und bittet ihn herein. Souverän bespricht er mit ihr den Vertrag, welche Vorteile er für sie bringt und alles Weitere, wobei Linda nicht so richtig bei der Sache ist. Dafür hört ihre Tante genau zu und ermuntert sie schließlich zu unterschreiben.

Auch Theo ist überrascht, so ein schönes Mädchen vorzufinden, das auch noch bei jedem Blick von ihm errötet.

Da er sie unbedingt wiedersehen will, lässt er mit Absicht eine bestimmte Sache im Vertrag aus, die er dann später mit ihr besprechen muss. So steht er zwei Tage später, groß und schlank, die dunklen Haare glatt zurückgekämmt, mit einem Riesenlächeln im Gesicht vor ihrer Tür. Schnell ist der Vertrag bereinigt und bei der Verabschiedung nimmt er all seinen Mut zusammen. »Fräulein Simoneit, hätten Sie Lust, mit mir ins Kino zu gehen? Ich würde mich sehr freuen.«

Linda ist überrascht, aber sie ist so von ihm angetan, dass sie nicht lange überlegt und zusagt. Sie fragt nicht mal, was es für einen Film gibt.

Tante Berta, die in der Küche gelauscht hat, nickt. *So ein netter junger Mann, der passt gut zu meiner lieben Linda.*

Bei einem Besuch im Kino bleibt es nicht, denn sie merken schnell, dass sie sehr gut zusammenpassen. Ihre regelmäßigen Treffen werden von beiden herbeigesehnt. Am liebsten würden sie sich gar nicht mehr trennen, was Theo als Anlass nimmt, nach einer gemeinsamen Wohnung zu suchen.

»Ich glaube, heute muss ich dir mal etwas zeigen, Linda. Es ist gar nicht so weit weg von der Wohnung deiner Tante. Wir können zu Fuß gehen.« Theo hat es eilig, denn was er entdeckt hat, wird auch von anderen begehrt.

»Sag bloß, du hast eine Wohnung in Aussicht? Das wäre zu schön, um wahr zu sein.«

»Hm, lass uns erst mal schauen.«

Auf dem Weg zum Erfolg

Hamburg 1968. »Wie lange soll ich denn noch warten?« Theo macht ein langes Gesicht, als er sich seiner Freundin durch die offene Badezimmertür zuwendet, die gerade dabei ist, ihr Gesicht zuzukleistern, wie er es im Stillen immer nennt. Ungeschminkt geht Linda Simoneit nie aus dem Haus, da müsste schon die Welt untergehen.

Dabei hat sie es wirklich nicht nötig mit ihrer zarten Haut, ihren schönen Augen, den geschwungenen kräftigen Brauen und den vollen Lippen. »Moment noch, bin gleich fertig.« Schnell kämmt sie ihre dunkelbraunen, etwas widerspenstigen Haare mit kräftigen Strichen nach hinten und bindet sie zusammen. »So, das war's, wir können los!« Sie tritt aus der Tür und Theo kriegt den Mund nicht mehr zu. »Mannomann, du bist so schön, als wärst du einem Modemagazin entsprungen.«

»Nun übertreib mal nicht und beweg dich. Eben konnte es nicht schnell genug gehen und nun rührst du dich nicht von der Stelle.« Lachend verlassen sie die Wohnung, um zu seinem Auto zu gehen, das in der Nebenstraße steht, weil gestern mal wieder vor dem Haus alles zugeparkt war.

Theo wendet sich seiner schönen Freundin zu. »Bist du überhaupt nicht aufgeregt, dass du heute deine Kollektion präsentieren sollst?«

»Nee, wieso? Ich habe doch lange genug darüber gesessen, nun muss ich einfach abwarten, wie sie ankommt.« Linda ist ziemlich entspannt. Wenn es nicht klappt, dann arbeitet sie eben weiter bei ihrer Meisterin, zu der sie ein fast freundschaftliches Verhältnis hat, und macht sich vielleicht später selbstständig.

Doch diese Überlegung ist überflüssig, denn die Präsentation, bei der sie teils Zeichnungen, teils eine kleine Kollektion genähter Entwürfe vorstellt, wird ein voller Erfolg. Sie hat einen Vertrag für ein großes Modeunternehmen in der Tasche, als sie freudig erregt wieder zu Theo ins Auto steigt.

»Na, wie ist es gelaufen?«, fragt er.

Sie verkneift sich ein Lachen. »Es hätte besser sein können, jetzt kann ich weiter bei Marlene arbeiten. Ist ja auch nicht das Schlechteste.«

Er schaut sie mitleidig an, und da platzt es aus ihr heraus: »Juhu, ich habe einen Vertrag für zwei Jahre! Die haben mir die Sachen förmlich aus der Hand gerissen! Ich kann es nicht fassen!« Sie schlägt die Hände vors Gesicht, weil ihr vor Freude die Tränen kommen.

Theo nimmt sie in den Arm und küsst sie. »Ich freue mich so für dich. Da hat sich deine harte Arbeit wirklich gelohnt.«

»Jetzt fängt die Arbeit erst richtig an, denn die

Aufträge müssen ja gefertigt werden. Ich werde mal mit Marlene sprechen, vielleicht kann ich sie dazu überreden, mit mir zusammenzuarbeiten. Wir beide als Partner, dann wäre mir auf jeden Fall und vielleicht auch ihr sehr geholfen.«

Und tatsächlich, als Linda ihrer Chefin die Verträge zeigt und vorsichtig andeutet, weiter bei ihr bleiben zu wollen, ist diese sehr angetan von der Idee, gemeinsam für das Modeunternehmen zu arbeiten. Zumal sie auch merkt, dass einige Kundinnen das große und zumeist günstigere Angebot in den riesigen Warenhäusern annehmen und somit für ihre Schneiderei verloren sind.

»Auf diese Überraschung müssen wir anstoßen, Linda.« Marlene erhebt ihr Glas. »Auf eine gute Zusammenarbeit!«

»Worauf wartest du noch? Wir müssen loslegen, es gibt viel zu tun!« Linda ist voller Tatendrang.

So ist Linda Simoneit, eine talentierte junge Frau mit ostpreußischen Wurzeln, unterstützt von ihrer Meisterin, auf dem Weg zum Erfolg.

Erste Liebe

Plön 1968. Anette Bessen sitzt in der kleinen Kanzlei vor ihrer Schreibmaschine im Büro und kann sich mal wieder nicht konzentrieren. Normalerweise fällt ihr der Beruf als Sekretärin sehr leicht. Ein Diktat in Steno aufzunehmen, ist für sie eine Kleinigkeit. Egal, ob ihr Arbeitgeber schnell wie ein Maschinengewehr oder überlegend langsam diktiert – Anette bleibt immer am Ball.

Es ist ihr gar nicht so leichtgefallen, zu Hause auszuziehen und sich hier eine kleine Wohnung zu nehmen. Sie will auch nicht leugnen, dass sie eine gute Beziehung zum Land und ihrer Familie hat, schließlich ist sie dort auf einem Bauernhof aufgewachsen, dafür muss man sich nicht schämen. Dennoch ist sie sich bald darüber klar geworden, dass sie sich abnabeln musste. Wie soll sie selbstständig werden, wenn immer eine liebevolle Glucke um sie herum ist? Soll ihre Mutter doch Anton betüddeln und verwöhnen, denn ihr Bruder wird ja sowieso den Hof erben.

Rudolf Winter, ihr Chef, ist Rechtsanwalt in diesem kleinen, hübschen Städtchen. Die Zahl seiner Mandanten ist übersichtlich, doch ausreichend für seine kleine Kanzlei.

Anette verliebt sich in diesen gut aussehenden Mann, wohl wissend, dass sie als Sekretärin nicht gerade seinem Anspruch entspricht. Denn wenn er sich überhaupt etwas aus ihr macht, so lässt er sie es nicht spüren. Außerdem hat sie keine Ahnung, ob er schon vergeben ist. Bis jetzt ist ihre Liebe nur platonisch, fast wie eine Schwärmerei, die sie noch aus der Schulzeit kennt. Sie ermahnt sich selbst, bei der Sache zu bleiben und sich auf ihre Arbeit zu konzentrieren, doch heute will es ihr einfach nicht gelingen. Den ganzen Tag hat sie schon so ein komisches Gefühl, als wenn Rudolf Winter sie heimlich von der Seite beobachtet.

Gegen Feierabend steht er plötzlich im Vorzimmer vor ihrem Schreibtisch und fragt sie: »Fräulein Bessen, hätten Sie Lust, mit mir eine Kleinigkeit essen zu gehen?«

Sie glaubt, sich verhört zu haben, hat sie doch die ganze Zeit darauf gehofft, dass er sie mal beachtet, und nun will er auf einmal mit ihr essen gehen. Sie ist total überrumpelt und das Blut schießt ihr in die Wangen, doch bevor er sich es anders überlegt, sagt sie schnell: »Sehr gern, Herr Winter.« Und schon hat der Wolf das Lamm gefressen.

Wortlos hilft er ihr in den Mantel und sie gehen zusammen den kurzen Weg in das kleine Restaurant um die Ecke. Er scheint hier Stammgast zu sein. »Den gleichen Tisch wie immer, Herr Winter?«

»Sehr gern, Walter.«

Der Ober geleitet sie zu einem etwas separaten Tisch am Fenster.

»Sie sehen heute wieder ganz zauberhaft aus, Fräulein Bessen. Mögen Sie auch ein Glas Wein?«

Anette weiß nicht, wie ihr geschieht. Sie nickt leicht errötend. Von dem guten Essen bekommt sie nicht so viel mit, denn sie ist von ihren Gefühlen überwältigt. Vielleicht hat sie auch ein wenig zu viel Wein getrunken, denn das ist sie gar nicht gewohnt. Jedenfalls sind sie schnell beim Du angekommen. Anette und Rudi.

Er sieht aber auch blendend aus. Hochgewachsen, die dunklen, welligen Haare streng aus dem leicht gebräunten Gesicht zurückgekämmt, blickt er sie mit seinen dunklen, undurchdringlichen Augen aufmerksam an. Anette hat noch nie in so schwarze Augen gesehen, die die Pupille unsichtbar werden lassen. Wie ein Feuerstrahl schießt es durch ihren Körper, wenn er wie unbeabsichtigt ihre Hand berührt.

Sie ist eine Schönheit, ihre schlanke Figur, ihre blonden Haare ... Rudi ist völlig in ihrem Bann. Er will diese schöne Frau verführen, und sie ist absolut nicht die Erste, die auf ihn hereinfällt. Dabei verschwendet er keinen Gedanken an seine Verlobte, von der Anette bis jetzt nichts weiß, sonst hätte sie sich sicher nicht auf ihn eingelassen.

Sie verlassen das Restaurant und gehen wie selbstverständlich Hand in Hand zu seiner kleinen Wohnung, die ganz in der Nähe liegt. Kaum schließt sich die Tür hinter ihnen, als sie sich schon die Sachen vom Körper reißen. Anette hört auf zu denken, lässt sich von diesem erfahrenen Mann verführen und genießt leidenschaftlich jeden Moment.

Obwohl sie ahnt, dass es mit ihnen nicht gut gehen kann, verdrängt sie diese dunklen Gedanken. Sie will glücklich sein, sie spürt seine warmen, drängenden Hände auf ihrem Körper, spürt seine Haut auf ihrer, seine Lippen auf ihren Lippen, bis sie zum Höhepunkt kommen.

Ein warmer Schauer geht durch ihren Körper, als sie später daran denkt.

Schon am Tag danach bestätigen sich ihre Vermutungen. Rudi hat ihr geraten, sich wie immer zu verhalten und ihn weiterhin im Büro mit Herr Winter anzusprechen. Sie werden nie ein normales Liebespaar sein.

Als dann noch am selben Tag eine sehr gut gekleidete junge Frau in ihrem Vorzimmer erscheint, denkt Anette, es sei eine neue Klientin. »Guten Tag, was kann ich für Sie tun?«

»Guten Tag, ich möchte zu meinem Verlobten, Herrn Winter. Ist er zu sprechen?«

Anette verschlägt es fast die Sprache. Sie nickt tapfer und klopft an seine Tür. »Ihre Verlobte ist hier, Herr Winter.«

Sie rennt auf die Toilette, weil sie das Gefühl hat, sich übergeben zu müssen. Hier in diesem intimen Raum wird der Drang zum Heulen übermächtig und sie kann ihre Tränen nicht mehr zurückhalten. *Ich bin doch einfach nur blöd, wie konnte ich bloß auf so einen Blender hereinfallen? Wieso hat es mich nicht stutzig gemacht, dass er wieder per Sie sein wollte?*

Anette ist sehr verletzt und tief unglücklich. Wie soll sie jetzt noch mit ihm arbeiten? Sie kann sich nicht vorstellen, wie das gehen soll. Am liebsten würde sie auf der Stelle kündigen, aber sie hat von Kind auf gelernt, vor keiner Situation die Segel zu strecken.

Rudi ahnt schon, was auf ihn zukommt, als er Anettes verweintes Gesicht sieht.

»Liebes, das hat doch nichts mit uns zu tun! Ich liebe dich! Du hast doch gemerkt, wie gut wir zueinander passen. Mit Doris werde ich Schluss machen. Wir haben in letzter Zeit sowieso nicht das beste Verhältnis.«

Diese Versprechungen machen es ihr schwer, ihre Beziehung zu beenden, wenn sie auch kompliziert ist. Und Rudi verspricht ihr immer wieder das Blaue vom Himmel.

Nur, er wird sich nicht von Doris trennen, dafür ist die Partie viel zu lukrativ. Er wird in absehbarer Zeit in eine sehr begüterte, angesehene Familie einheiraten.

So lebt Anette lange Zeit zerrissen zwischen Trauer und Hoffnung und lässt sich immer wieder von ihm hinters Licht führen, bis sie endlich erkennt, dass sie sich von ihm trennen muss.

Trost findet sie bei ihrer Familie auf dem Dorf, zu der sie immer wieder gern zurückkehrt. Ihre Mutter nimmt sie mit offenen Armen auf, zumal sie ihrer Tochter die Traurigkeit ansieht. »Du kannst so lange bleiben, wie du möchtest. Hier ist immer ein Platz für dich.«

Nur wenn Anette auf ihrem Wallach Max gemächlich durch die Landschaft reitet, ist aller Gram vergessen und die Welt sieht wieder ein wenig heller aus.

Anton ist sowieso immer sehr erfreut, wenn seine Schwester mit ihrem alten VW Käfer auf den Hof fährt, wobei ihm längst nicht mehr in den Sinn kommt, sie mit Streichen oder dummen Witzen zu ärgern. Im Gegenteil, sie sind inzwischen beste Freunde geworden. Und Anton ist auch der Erste, der merkt, dass sie irgendwie anders ist. »Was ist los, Schwesterlein? Deine Augen sehen so traurig aus. Hast du Liebeskummer?«

Sie schüttelt den Kopf. Wenn er auch ein netter Kerl ist, so wird sie ihm nicht gleich ihr Herz ausschütten, denn manches kann er nicht für sich behalten, und wenn er nur seiner Freundin davon erzählt. Anette will einfach nicht, dass die Leute im Dorf über sie reden. Die werden sich sowieso schon wundern, weshalb sie wieder zu Hause ist.

Sie lenkt ihn ab, indem sie die Forke in die Hand nimmt und ihm beim Füttern der Kühe hilft.

»Du hast ja immer noch nicht verlernt, wie man das Vieh versorgt!«, lacht er.

»Nö, wie könnte ich, hab ich ja lange genug mit-gemacht.« Sie ist selbst erstaunt, wie viel Freude ihr die körperliche Arbeit bereitet und was für ein wohliges Gefühl die Atmosphäre des Kuhstalls, der Geruch und die Geräusche der Tiere in ihr auslösen. Sie hätte nicht gedacht, dass sie doch so ein Landei ist.

»Hast du mal was von Linda gehört? Ist sie immer noch in Hamburg?« Anton ist sehr inter-essiert, was Anettes Freundin angeht, schließlich ist sie ja mit ihm aufgewachsen und so etwas wie eine Schwester für ihn.

»Linda hat bei einer Modefirma einen Vertrag bekommen. Sie entwirft und näht Kleider. Ich glaube, sie ist sehr erfolgreich damit und hat da-durch natürlich viel zu tun. Leider haben wir uns schon lange nicht mehr gesehen. Ich muss sie un-bedingt anrufen. Vielleicht können wir uns mal wieder treffen.«

Der Enge entfliehen

Lütjenburg 1961 bis 1965. Vera Sievers ist der Paradiesvogel des Kleeblatts. Sie lernt in einem Friseursalon in Lütjenburg am Markt.

Zuerst ist sie noch etwas schüchtern, denn mit sechzehn Jahren ist man ja auch noch ein halbes Kind. Doch mit jedem Tag wird sie selbstsicherer und erfahrener. Sie liebt ihre Arbeit und daher lernt es sich auch leicht.

Bald ist sie eine der beliebtesten Mitarbeiterinnen, denn sie gibt ihrer Kundin das Gefühl, die wichtigste Person für sie zu sein. Außerdem ist sie sehr talentiert, berät, schneidet und frisiert, dass so manche schick und zufrieden wie nie den Salon wieder verlässt. Es ist ja nicht unbekannt, dass Friseurinnen in der kurzen Zeit, in der sie ihre Kundinnen verschönern, nicht selten deren Lebensgeschichte anvertraut wird, aber Vera kann gut zuhören und ist verschwiegen. Es würde ihr nicht im Traum einfallen, irgendetwas weiterzutratschen. Das überlässt sie lieber anderen. Obwohl sie nicht viel verdient, kleidet Vera sich stets nach der neuesten Mode, wobei sie mit ihrer hochgewachsenen, schlanken Figur auch alles tragen kann. Die Frage nach ihrer Haarfarbe ist überflüssig, denn es gibt keine, die sie noch nicht hatte. Genauso ist es mit ihrer Frisur. War sie als Kind mit aschblonden Haaren eher unscheinbar, hat sich das inzwischen total geändert. Aus der grauen Maus ist eine schillernde, moderne, selbstbewusste Frau geworden.

Zwar wohnt sie aus Zweckmäßigkeit noch bei ihren Eltern in der kleinen Arbeiterwohnung auf dem Gut in Schönsee, wobei sie heimlich den Gedanken in sich trägt, der Enge so schnell wie möglich zu entfliehen. Solange sie aber noch in der Lehre ist, ist sie dankbar, hierbleiben zu können. Auch die Fahrerei zu ihrer Arbeit nimmt sie in Kauf, denn noch kann sie sich keine eigene Wohnung leisten.

Mit ihrer Mutter hat Vera sich von jeher gut verstanden, auch wenn die inzwischen nicht selten beim Anblick ihrer Tochter den Kopf schüttelt. Insgeheim freut sie sich über sie, denn sie weiß, dass man auf Vera zählen kann. Sie ist sich sicher, sie wird ihren Weg machen.

Wogegen Veras Vater, der sowieso kaum redet, noch wortkarger ihr gegenüber geworden ist. Dafür hat sie in Bruno, ihrem älteren Bruder, seit jeher einen treuen Verbündeten. Er macht jeden Spaß mit.

»Na, Veralein, bist du schon wieder in einen anderen Farbtopf gefallen?«

»Ja, Bruno, im Gegensatz zu dir habe ich ja noch ein paar Haare.« Wobei sie auf seinen fast kahlen Kopf zeigt. Dabei krümmen sie sich vor Lachen.

Ihr Vater und ihr Bruder arbeiten beide auf dem Gut in der Landwirtschaft. Der Ältere auf dem Feld und sein Sohn im Kuhstall als Melker. Dadurch hat die Familie den Vorteil, sehr günstig hier wohnen zu können.

Für Vera ist es klar, dass sie als Gesellin nicht in dem Salon in Lütjenburg bleiben wird, denn wer einmal Lehrling war, bleibt in seiner Ausbildungsstelle auch meistens in dem Status. Sie hat andere Pläne. Sie möchte mehr Trubel um sich haben und nicht in dieser ländlichen Gegend bleiben. Also schaut sie sich in der Tageszeitung jeden Tag die Annoncen an, bis ihr auf einmal eine Anzeige in den Blick fällt, die ihr sehr interessant erscheint.

Suche Gesellin für Friseursalon in Bremen.
Selbstständiges Arbeiten erwünscht.
Kleine Wohnung vorhanden.

Vera meldet sich sofort telefonisch bei einer gewissen Frau Andersen. Sie hört sich energisch, aber freundlich an. Sie möchte Vera so schnell wie möglich kennenlernen.

Nun ist Bruno gefragt. »Brüderlein, kannst du mit mir nach Bremen zu einem Vorstellungsgespräch fahren? Ich glaube, das könnte was für mich sein.«

»Was, nach Bremen willst du? Das ist doch ganz schön weit weg, bist du nicht noch ein bisschen zu jung, um allein in Bremen zu wohnen? Wie soll ich denn ohne meinen Paradiesvogel auskommen?« Er macht einen geknickten Eindruck.

»Ach, komm schon, Bruno, das ist doch nicht aus der Welt, du kannst mich jederzeit besuchen. Vielleicht wird es ja auch gar nichts, wenn sich bei dem Angebot noch mehr Leute bewerben. Wer weiß?«

Natürlich kann er seiner Schwester den Wunsch nicht abschlagen, und so sind sie bald mit seinem Ford Taunus auf der Autobahn in Richtung Bremen.

Sie liest die Straßenkarte und nach wenigen Stunden Fahrt sind sie mitten in der schönen alten Hansestadt angekommen. Vera wundert sich, dass ihr Bruder so selbstverständlich durch die Straßen kurvt, als hätte er noch nie etwas anderes gemacht.

Der Salon liegt in der Nähe des Hauptbahnhofs, was sie als einen großen Vorteil ansieht, denn dann kann sie in Zukunft sehr gut mit dem Zug fahren, sollte es zu einer Anstellung kommen. Aber noch ist ja gar nicht klar, ob sie hierbleibt.

Helga Andersen, eine ältere, aber immer noch attraktive Frau, erwartet sie schon.

»Guten Tag, ich bin Vera Sievers und komme wegen Ihrer Anzeige in der Zeitung. Wir haben schon miteinander telefoniert. Mein Bruder hat mich aus Schleswig-Holstein hierher gefahren.« Sie nestelt an ihrer Handtasche, um ihre Unterlagen hervorzuholen. »Hier, wollen Sie meine Zeugnisse sehen?« Ganz gegen ihre Art ist Vera sehr gesprächig und natürlich auch ein wenig aufgeregt.

»Fräulein Sievers, ich suche eine Person, die mich vollständig vertreten kann, denn ich möchte mich in Zukunft anders orientieren.«

»Ich liebe selbstständiges Arbeiten und kann mir vorstellen, hier Schwung reinzubringen.«

»Ja, genauso habe ich mir das gewünscht, denn hier muss es Veränderungen geben.«

Vera lacht und zeigt auf ihre Haare. »Mit Veränderungen kann ich umgehen!«

Frau Andersen muss auch lachen. Das Eis ist gebrochen. »Wann können Sie anfangen? Ich habe ja angedeutet, dass es eine kleine Wohnung gibt, die Sie nutzen können. Auch die dürfen Sie gern ein bisschen verändern.« Sie sind sich schnell einig.

Vera wird in Lütjenburg kündigen und so schnell wie möglich nach Bremen ziehen.

Wenn Bruno auch ein wenig geknickt ist, dass seine Schwester sich so schnell entschieden hat, gönnt er ihr doch ihre Freiheit. Sie ist im Gegensatz zu ihm ein ganz anderer Mensch. Wo er sich geborgen fühlt in seiner sich nicht ändernden Umgebung, wo nichts passiert, außer dass mal ein Rind krank wird oder das Wetter sich ändert, dort geht Vera langsam, aber sicher zugrunde. Deshalb nimmt er sich zurück und wird ihre Entscheidung auch zu Hause gutheißen und sie unterstützen.

Wiedersehen auf der Düne

Anette, die ihren Arbeitsplatz und ihre kleine Wohnung in Plön aufgegeben hat, ist zur Freude ihrer Familie wieder in ihren Heimatort zurückgekehrt.

Um ihren Liebeskummer um diesen verlogenen Mann, den sie über alles geliebt hat, zu überwinden, musste sie sich räumlich und seelisch von ihm trennen. In ihrer Verzweiflung hat sie sogar daran gedacht, sich das Leben zu nehmen, doch wirklich nur ganz kurz. Denn wie sollte ihre Mutter damit fertigwerden, noch ein weiteres Kind zu verlieren?

Nachdem sie endlich aufgehört hat zu weinen und die Phase, in der sie Rudi Winter gedanklich nur noch als Mistkerl bezeichnet hat, vorbei ist, fühlt sie sich befreit und verschwendet keinen Gedanken mehr an ihn.

Nun versucht sie, sich darüber klar zu werden, was sie vom Leben erwartet. Dabei stellt Anette fest, dass sie immer noch gern in der Landwirtschaft hilft, und ihr Bruder Anton ist hocherfreut, als sie ihm anbietet, ein paar Wochen in der Ernte mitzuarbeiten.

Auch ihr Pferd Max trägt dazu bei, dass sie abschalten kann. »Sind wir fertig mit der Arbeit,

Anton?« Als er zustimmend nickt, sattelt sie Max. Es gibt kaum etwas Schöneres für sie, als durch die Gegend zu reiten. Wie immer gelangen sie im leichten Trab an den Strand und wie immer treibt sie ihren Wallach ins flache Wasser. Sie schaut zu den Dünen hinauf und entdeckt einen Mann, der aufs Meer schaut. Er kommt ihr irgendwie bekannt vor. Wie magisch angezogen steigt sie vom Pferd und geht lässig lächelnd auf ihn zu. Es ist Jahre her, dass sie ihn das letzte Mal gesehen hat. Mit vierzehn ist er einfach aus ihrem Dorf verschwunden.

»Jonatan Endrokat, bist du es wirklich? Dich habe ich ja ewig lange nicht gesehen. Wo hast du dich die ganze Zeit bloß rumgetrieben?«

Er schreckt auf und schaut sie erstaunt an. »Du, Anette? Meine Güte, du hast dich ja rausgemacht!« Kurz zögert er. »Ich war überall und nirgends, aber es gibt nun mal keinen schöneren Ort für mich als diesen. Deshalb bin ich ja auch wieder hier.«

So wie er dasteht, blond, groß und selbstbewusst, mit einer sehr männlichen Ausstrahlung, nimmt er sie sofort gefangen. So hat sie ihn noch nie gesehen, kein Vergleich zu dem Jüngling, der er mal war. Aber das ist ja auch klar, denn sie sind beide keine Teenager mehr. Max grast in der Nähe, sodass keine Eile besteht, schnell wieder aufzubrechen.

Jonatan ist beeindruckt von ihrem Äußeren, von den langen blonden Haaren, die sie aus Zweckmäßigkeit hinten zusammengebunden hat, und

den tiefblauen Augen, die ihn forschend anschauen.

»Und wie ist es dir ergangen die ganzen Jahre?«
Er bemüht sich, eine Unterhaltung mit ihr zu
führen, obwohl er es nicht gewohnt ist, viel zu
reden.

Sie zögert leicht. »Na ja, ich habe einige Jahre
in einer Anwaltskanzlei in Plön als Sekretärin
gearbeitet. Bin nun aber wieder hier und suche
etwas Neues.«

Er merkt sofort, dass es ihr unangenehm ist,
darüber zu sprechen. »Schau mal dahinten,
die Segelboote. Sieht das nicht wunderschön
aus?«

»Ja, wie große weiße Vögel.« Sie findet die gleichen Worte dafür, wie er sie in Gedanken auch
immer nennt. Jonatan hat auf einmal das Gefühl,
von einer warmen Welle überspült zu werden.
Wie von selbst löst sich seine Zunge und er kann
gar nicht mehr aufhören zu erzählen. »Du kannst
dich doch sicher noch an die Zeit erinnern, als
meine Mutter gestorben ist.«

»O ja, das ganze Dorf hat sich das Maul darüber zerrissen. Der arme Jonny, was der jetzt wohl
macht?«

»Ich hatte zum Glück meinen alten Freund Otto
Jensen, der mir in dieser furchtbaren Zeit sehr
geholfen hat. Trotzdem war mir sehr schnell klar,
dass ich auf keinen Fall hierbleiben konnte.«

»Wir haben uns in der Schule gewundert, wo

du abgeblieben bist. Du warst von einem Tag auf den anderen verschwunden. Keiner wusste was.«

»Ich habe nach der Beerdigung meiner Mutter die Tränen abgewaschen, ein paar Habseligkeiten eingepackt und noch mal übers Meer geschaut. Dann bin ich losmarschiert.«

Anette ist erstaunt, wie locker Jonny über diese Zeit reden kann. »Wo bist du gelandet und was hast du gemacht? Du musst doch von irgendetwas gelebt haben. Hast du gebettelt?«

»Nee, nee. Ich bin immer zu Bauern gegangen und hab meine Arbeitskraft angeboten gegen Essen und Unterkunft. So bin ich die ersten Jahre ganz gut über die Runden gekommen. Bin durch ganz Deutschland getrampt bis nach Bayern. Da hat mich ein Kunsthandwerker unter seine Fittiche genommen und dafür gesorgt, dass ich meinen Schulabschluss nachhole und eine Lehre abschließe. Ohne diesen väterlichen Freund würde ich wohl immer noch ungelernt bei Bauern um Arbeit betteln.« Er schaut diese schöne Frau von der Seite an, die ungeschminkt und sportlich gekleidet neben ihm sitzt. »Jetzt hab ich aber genug von mir erzählt, und leider muss ich jetzt auch aufbrechen, denn ich habe noch einen wichtigen Termin. Es würde mich freuen, wenn wir uns bald mal wiedersehen. Dann kannst du mir ja mal berichten, was du die ganzen Jahre erlebt hast.«

Anette weiß gar nicht, wie ihr geschieht, und kann nur nicken. Sie schaut ihm nach, wie er in

Richtung Fischerkate geht, die sich nicht weit entfernt von seiner Lieblingsdüne befindet.

*

Nie hat Jonatan erwartet, hierher zurückzukommen, wo er seine unglückliche Jugend verbracht hat und so unangenehme Erinnerungen auf ihn einstürmen. Doch nachdem man ihn in Bayern ausfindig gemacht hat, ist er gestärkt heimgekehrt, denn sein alter Freund Otto hat ihm seine Kate mit dem dazugehörigen Grundstück vermacht. Mit Freuden hat er das Erbe angenommen. Wieder an der Ostsee kann er gar nicht verstehen, wie er es so lange ohne sein geliebtes Meer ausgehalten hat.

Voller Energie wird er das ganze Haus umgestalten, und dafür hat er einen wichtigen Bauauftrag zu vergeben, denn als Erstes muss das Dach neu gedeckt werden. Danach geht es an die Innenräume, die er so ändern wird, dass sie nicht mehr an früher erinnern. Nicht tragende Wände will er entfernen und dadurch größere Räume schaffen. Aus zwei kleinen Wohnungen eine Wohneinheit zu gestalten, wird ihn ohne Hilfe viel Kraft kosten. Mit seinem handwerklichen Talent und ein paar guten Ideen wird er sie modern, aber gemütlich einrichten. Neue Fenster für mehr Licht und eine helle Werkstatt am Haus werden später seinem erlernten Beruf als Kunsthandwerker dienlich sein.

Jetzt hat er erst mal viel zu tun, denn die Pläne

für das alte Haus müssen noch umgesetzt werden. Jonatan überlegt, wem er später als Erstes sein neues Heim vorstellen möchte, und hat sofort eine Person im Sinn. Ob es ihr gefallen wird? So viel Wärme und Vertrauen zu spüren, ohne das Gefühl, etwas geben zu müssen, hat er noch nie erlebt. Ob sie wohl genauso empfindet? Diese Gedanken gehen ihm durch den Kopf, wobei er plötzlich ein schlechtes Gewissen verspürt. Denn wenn er ehrlich ist, dann ist er nicht frei für eine neue Beziehung – er hat einer anderen Frau die Ehe versprochen. Sonja, die schöne kühle Sonja, die Tochter seiner Nachbarn in Bayern, in die er sich Hals über Kopf verliebt hat, wartet sicher schon auf eine Nachricht von ihm. Auf einmal hat er Zweifel, ob es wirklich Liebe ist, die ihn mit Sonja verbindet, oder es doch nur eine jugendliche Schwärmerei war, die ihm zu der Zeit aus seiner Einsamkeit geholfen hat. Er muss darüber nachdenken und bald für klare Verhältnisse sorgen.

Jonatan möchte schmerzliche Erinnerungen bewusst ausgrenzen, doch an diesem Ort ist es unmöglich, nicht an das schreckliche Geschehen zu denken. Die Erinnerungen stürzen auf ihn ein, als er die kleine Stube betritt, in der er seine Mutter das letzte Mal schlafend gesehen hat. Die alte Einrichtung ist natürlich längst entsorgt worden, doch er hat noch alles genau vor Augen, wie er aus der Schule nach Hause kam und seine Mutter betrunken auf dem alten Sofa lag und ihren Rausch ausgeschlafen hat. Für ihn ist die Sache noch nicht ausgestanden, denn er überlegt, ob sie wirklich geschlafen hat oder ob es nur so aussehen sollte. Sie war zwar dem Alkohol verfallen, aber soweit er sich erinnern kann, war sie gesund. Er grübelt und grübelt, da war doch noch etwas anders als sonst. Immer wenn sie auf dem Sofa lag und schlief, hat er ihre verrutschte Kleidung sehen können. Sie war in diesem Zustand nie in der Lage, sich eine Decke über den Körper zu legen. Und auf einmal geht es wie ein Blitz durch seinen Kopf. Die Wolldecke! Sie war damit bis zum Hals zugedeckt. Deshalb ist er sich sicher, dass sein Verdacht zutrifft, jemand habe nachgeholfen, aber wem sollte sie im Weg gewesen sein? Wenn sie bloß mal etwas von sich und ihrem Leben erzählt hätte. Vielleicht könnte er sich dann eher zusammenreimen, was an dem Tag ihres Todes passiert ist.

Jonatan ist sich aber auch darüber im Klaren, dass es so viele Jahre danach wohl kaum möglich sein wird, die damaligen Umstände nachzuvollziehen. Doch noch kann er die alten Geister nicht vertreiben.

Freundinnen

Linda, Vera und Anette haben einander zwar versprochen, sich regelmäßig zu treffen, aber leider klappt es aus beruflichen Gründen nicht immer. Schon wieder sind etliche Monate vergangen. Bevor Vera aus Bremen und Linda aus Hamburg anreisen können, muss viel telefoniert werden, denn sie sind nicht so einfach abkömmlich. Doch endlich haben sich beide freimachen können. Vera, die seit einiger Zeit den Friseursalon in Bremen von ihrer Chefin übernommen hat, verlässt sich dieses Wochenende auf ihre Gesellin, die sehr tüchtig ist und sehr wohl den Laden für ein paar Tage allein leiten kann. Bei Linda ist eigentlich immer Zeitnot, denn in ihrer Schneiderei wird dauernd auf Hochtouren gearbeitet, aber auch sie kann sich letztendlich freimachen.

Umso erfreuter werden sie von Anette erwartet, als endlich der Termin geklappt hat. Sie treffen sich in dem nahen Hotel direkt am Wasser. Anette ist die Einzige, die vor Ort ist und nicht ins Hotel gehen müsste. Doch auch sie bucht für zwei Tage, damit sie alle drei viel Zeit miteinander verbringen können. Besonders Vera mit ihrer neuen Frisur, aber auch Linda in einem selbst entworfenen

Kleid und Anette mit ihrer natürlichen Schönheit erregen Aufmerksamkeit im Foyer. Die drei jungen Frauen genießen es, im Mittelpunkt zu stehen, sind aber trotzdem darauf bedacht, ungestört miteinander reden zu können. Und es gibt viel zu quatschen. »Was meint ihr wohl, wen ich vor ein paar Tagen am Strand getroffen habe?«

Linda und Vera schauen Anette mit neugierigen Augen an. »Erzähl schon, wir sind gespannt.«

»Ihr könnt euch doch bestimmt noch an Jonny erinnern, der vor Jahren verschwand.«

»O ja, das war, als seine Mutter gestorben ist, da haben wir uns doch gefragt, wo er abgeblieben ist.«

»Er ist wieder da. Ich hab ihn bei einem Ausritt am Strand auf seiner Düne sitzen sehen.«

»Was? Und du hast mit ihm gesprochen?«

Anette wird ein bisschen rot, weil sie daran denkt, was für ein attraktiver Mann Jonatan geworden ist.

»Oh-oh, da hat es aber eine erwischt.«

Sie müssen alle drei lachen. »Klar, wir haben uns unterhalten, aber ich habe doch keine Ahnung, ob er nicht schon vergeben ist. Außerdem bin ich noch immer etwas unsicher, was Männer betrifft. Ihr wisst ja!« Linda und Vera nicken verständnisvoll. »Zufällig habe ich ihn noch mal an der Kate getroffen und da hat er mir erzählt, dass er das alte Haus von Otto Jensen geerbt hat. Jetzt ist er am Renovieren und macht ein Schmuckstück daraus. Wir können ja mal bei ihm vorbeischauen.«

»Ja, das müssen wir uns unbedingt ansehen.«

»Wie sieht es bei dir aus, Vera, hast du inzwischen deine große Liebe gefunden?«

Sie druckst ein bisschen herum. »Nö, immer noch nicht. Aber für so etwas hab ich ja auch gar keine Zeit.«

»Für die Liebe muss man immer Zeit haben, sonst sitzt man irgendwann allein da. Ich bin froh, meinen Theo zu haben. Er unterstützt mich, wo er nur kann. Marlene und ich sind ziemlich erfolgreich mit unserer Mode und haben sehr viel zu tun, da ist ein Hausmann Gold wert.«

Die Freundinnen plaudern und dabei vergeht die Zeit wie im Fluge. Linda lacht. »Ach, ich habe mich ja so auf euch gefreut.« Es ist schon spät, als sie sich endlich auf ihre Zimmer begeben.

Sie schaffen es tatsächlich, am nächsten Tag nach einem ausgiebigen Frühstück einen Spaziergang am Strand in Richtung Steilküste zu machen. Da kommen sie zwangsläufig an Otto Jensens Kate vorbei. Rund um das Häuschen ist Baumaterial gestapelt, und Jonatan kommt gerade mit einer Karre voller Schotter aus der offenen Tür. Erstaunt erblickt er die Frauen, die neugierig auf sein Anwesen schauen. Er fühlt sich ein wenig unwohl in seiner Arbeitskleidung, doch verstecken muss er sich keineswegs. »Hallo, die Damen, kennen wir uns? Ach, Anette, wir haben uns ja neulich schon getroffen. Sag bloß, ihr seid das Kleeblatt aus der Schule, Linda und Vera? Ich kann es kaum glauben.« Jetzt gibt es ein großes Gelächter und

Jonny stimmt mit ein. »Ihr habt euch ja alle rausgemacht, kaum wiederzuerkennen.«

»Na, du bist aber auch nicht mehr das Jüngelchen von einst.«

»Wie ihr seht, habe ich noch eine Menge zu tun, bis das Haus mit allem ausgestattet ist, wie ich mir das vorstelle. Im Moment ist es wie auf einer Baustelle. Erst wenn die Dachdecker fertig sind, kann ich richtig loslegen. Alles wird einige Zeit in Anspruch nehmen, aber wenn die Renovierung abgeschlossen ist, dürft ihr gern noch mal vorbeikommen. Ich habe mir vorgenommen, die Einweihung ordentlich zu feiern. Ihr seid jetzt schon herzlich eingeladen.«

Sie unterhalten sich noch ein wenig, bis die drei Frauen sich verabschieden und weiterziehen.

Jonatan ist erstaunt, wie die drei Freundinnen sich verändert haben. Aus Kindern werden eben Leute. Auch er hat sich ja zu einem tatkräftigen Mann entwickelt.

Er ist froh, wieder am Meer zu sein und die Kraft zu haben, dieses kleine Anwesen zu einem Schmuckstück aus- und umzubauen. Er war sich nie sicherer: Hier ist sein Zuhause.

Die körperliche Arbeit lenkt ihn von den trüben Gedanken ab, die ihm zwangsläufig durch seinen Kopf gehen. Denn seit er wieder hier im Ort ist, sind die schrecklichen Geschehnisse von damals wieder so greifbar und gegenwärtig, dass sie sich nicht einfach verdrängen lassen.

Ein Albtraum erwacht

Zehn Jahre vorher. Alwara Endrokat erwacht am späten Vormittag. Jonatan ist längst in der Schule und sie hat wie immer nach ihren Alkoholexzessen ein schlechtes Gewissen. Sie nimmt sich vor, keinen Schluck mehr zu trinken. Doch dieser Entschluss wird durch ein Klopfen an der Tür zunichtegemacht, denn als ihr Saufkumpan von gestern seinen Kopf hereinstreckt, sind alle guten Vorsätze dahin.

»Hast du was zu trinken da, Alwara?«

»Komm erst mal herein, Dieter, ich schau mal nach. Hast du Zigaretten dabei? Ich könnte eine gebrauchen.«

Er reicht ihr eine Zigarette und sie sucht nach den Resten in angebrochenen Flaschen. Doch sie kann nichts finden, denn Jonatan hat mal wieder alles gründlich entsorgt. »Verdammt, mein Sohn hat die Flaschen ausgekippt, was machen wir denn jetzt?«

»Dann gehen wir beiden Hübschen in unsere Lieblingskneipe.«

Alwara ist sofort bereit. Arm in Arm marschieren sie den kurzen Weg zu ihrer Kneipe, wo sie mit großem Hallo von den anderen Tagedieben begrüßt werden. Bis auf einen Mann, der in der Ecke an einem Tisch sitzt, stehen alle am Tresen und trinken sich munter zu. Alwara und Dieter gesellen sich zu ihnen und kippen ihren Schnaps, den sie so dringend benötigen, in einem Zug hinunter. »Na, dann Prost!« Alwara schaut zu dem Fremden in der Ecke und kann sich des Gefühls nicht erwehren, diesem Menschen schon mal begegnet zu sein. War es auf der Flucht? Ist es einer von ihren Peinigern? Sie kann sich nur sehr vage an die furchtbare Geschichte erinnern. Sie weiß nur, dass sie schreckliche Angst um sich, ihren kleinen Sohn und ihre alte Mutter hatte.

»He, Alwara, was ist? Du bist so ernst, komm, wir trinken noch einen!« Dieter stupst sie an.

Sie hat das Gefühl, aus einem bösen Traum zu erwachen. »Nee, lass mal, ich geh jetzt nach Hause, für heute langt es.« Sie verlässt umgehend die Kneipe in Richtung Strand. Dabei bemerkt sie nicht, dass eine dunkle Gestalt ihr heimlich folgt.

Die frische Luft trägt dazu bei, dass sie langsam wieder nüchtern wird. Sie kann auf einmal glasklar denken. Die Erinnerung an den Vorfall kommt so plötzlich, dass es sie förmlich von den Füßen reißt.

*

Sie sind auf der Flucht. Alwara und ihre Mutter Martha haben sich nach längerem Zögern dazu entschlossen, den Hof zu verlassen und sich dem

Treck Richtung Westen anzuschließen. Die Nachrichten sind nicht dazu angetan, sie hoffnungsvoll in die Zukunft blicken und abwarten zu lassen. Im Gegenteil, sie müssen jeden Tag damit rechnen, von der russischen Armee überrannt zu werden.

1944/45, in einem der kältesten Winter seit Jahren, sind Tausende Menschen in Deutschland auf der Flucht.

Auch Martha und Alwara packen in aller Eile das Nötigste zusammen und spannen ihr einziges Pferd vor den alten Milchwagen. Weder Zeit, ihren kleinen Viehbestand zu versorgen, noch innezuhalten. Sie lassen alles zurück, was ihr Leben bisher ausgemacht hat. »Mama, jetzt komm! Wir müssen uns beeilen!« Ihrer Mutter stehen die Tränen in den Augen, als sie noch einmal auf ihr kleines Anwesen schaut. Sie weiß in diesem Moment, dass sie ihren Hof nie wiedersehen wird. Dick eingemummelt steigen sie vorne auf den Milchwagen. Jonatan, gerade zwei Jahre alt, wird hochgehoben und zwischen die Frauen gesetzt, denn das ist der wärmste und sicherste Platz.

Es beginnt eine lange Reise, die zuerst mit dem Gespann recht forsch vorangeht. Je weiter sie in den Westen kommen, desto länger wird der Treck. Immer mehr Leute schließen sich ihnen an. Alte Männer, Frauen und Kinder, allen ist die Erschöpfung anzumerken. Die Eiseskälte ist kaum zu ertragen, und es ist ein Geschenk des Himmels, bei Bauern in der schützenden Scheune für eine

Nacht unterzukommen. Noch mehr, wenn mitleidige Menschen ihnen eine warme Suppe oder ein Stück Brot geben.

Der Treck hinterlässt eine grausame Spur des Todes. Pferde, die diese Tortur aus Mangel an Futter oder wegen der unerbittlichen Kälte nicht überleben, liegen am Wegesrand. Und nicht nur Tiere, sogar Kinder oder alte Leute, die durch Krankheit oder die unmenschlichen Strapazen sterben, werden mit Schnee und ein paar Zweigen bedeckt und voller Trauer zurückgelassen. Man kann sie nicht begraben, denn der Boden ist knüppelhart gefroren.

Auch Alwaras Pferd bricht eines Tages zusammen, und sie besitzen nur noch das, was sie am Leib tragen. Schon vorher hat der alte Milchwagen dem rumpeligen Weg nicht mehr standhalten können, ein Rad hat sich gelöst und der Rest des Gefährtes ist zusammengebrochen. Schnell haben sie noch ein paar Sachen aus den Holztrümmern geklaubt und sind dann mühsam zu Fuß weitergegangen, abwechselnd den kleinen Jonatan auf dem Arm.

Völlig erschöpft kommen sie am Abend in die Nähe eines Hofes. Eine versprengte Gruppe Soldaten, die dort kampiert, scheint schon auf sie zu warten. Nachdem die wilde Truppe die Speisekammer der Bauern geplündert und noch ein paar Flaschen Alkohol entdeckt hat, sind sie jetzt ausgehungert nach Frauen und Mädchen.

Alwara hat Angst und versucht, ihr Gesicht zu verstecken, damit sie nicht sehen, dass sie eine junge Frau ist. Doch es ist vergebens, denn sie ist schon von den geilen Kerlen auserwählt. Sie wird von mehreren rauen Händen gepackt und in die Scheune gezogen. Die Männer riechen nach Schnaps und Dreck. Sie grölen und einer nach dem anderen wirft sich auf sie und dringt brutal in sie ein. Schon halb bewusstlos wird sie einen Mann nie vergessen – seine scharfen Gesichtszüge und die stechenden Augen verfolgen sie noch jahrelang. Er fuchtelt mit einem Messer vor ihrem Gesicht herum und genießt ihre Angst. Der Sadist quält sie immer noch, als seine Kameraden schon längst im Stroh ihren Rausch ausschlafen. Er lässt sie Dinge tun, die sie noch lange vor Ekel erschauern lassen. Doch endlich hat er genug und gibt ihr einen Tritt, dass sie zur Seite fällt. Auf allen vieren kriecht sie mehr tot als lebendig aus der Scheune. Mitleidige Menschen sind sofort an ihrer Seite. Ihre Mutter weint. Die Bäuerin hält wohlweislich viel heißes Wasser auf ihrem alten Herd bereit und füllt eine Zinkwanne. Mit vereinten Kräften setzen sie Alwara in das warme Wasser. Der ausgezehrte Körper ist mit Blutergüssen übersät und ihr Blick ist leer.

Sie hat nicht mehr die Kraft, nach Jonatan zu fragen.

Großmutter Martha nimmt den Kleinen unter ihre Fittiche, denn seine Mutter ist nach diesem furchtbaren Vorfall nicht mehr dazu in der Lage.

Dennoch haben sie nach unendlichen Strapazen mit den vielen anderen erschöpften, ausgemergelten Flüchtlingen die gefährliche Zeit überstanden und sind im Auffanglager im Westen angekommen.

Schließlich landet die kleine Familie in Schönsee, in dem Dorf an der Ostsee, wo sie ein kleines Zimmer bei einer Familie beziehen können. Alwara ist traumatisiert und in ein tiefes Loch gefallen. Martha schaut sehr besorgt auf ihre Tochter, doch helfen kann sie ihr nicht. Nicht einmal der Kleine, der sich zu einem niedlichen Knaben entwickelt, kann sie aufheitern.

Alwaras Mutter hat die Flucht zwar ganz gut überstanden, doch immer öfter spürt sie ihre alten Knochen. Sie ist diejenige, die die Familie ernährt. Auf ihren Spaziergängen findet Martha immer etwas, was man später für ein Gericht verwenden kann. Sie hebt ein paar liegen gebliebene Kartoffeln vom abgeernteten Feld oder eine Rübe am Wegesrand auf, die vielleicht von einem Ackerwagen gefallen ist, oder sucht die Wiese nach Champignons, Sauerampfer und Brennnesseln ab. Aus allem lässt sich etwas Schmackhaftes zubereiten, besonders wenn man das Glück hat, noch irgendwo ein Stückchen Speck zu ergattern. Der kleine Jonatan ist immer mit dabei, wenn seine Großmutter die Gegend absucht.

Es ist nicht zu übersehen, dass die alte Frau immer schwächer wird. Selbst Alwara, deren Gedanken sonst nur um sie selbst kreisen, macht sich Sorgen um ihre Mutter. Eines Morgens wundert sie sich, dass Martha noch nicht aufgestanden ist. »Mama, Mama, was ist los? Bist du krank?« Doch sie bekommt keine Antwort, denn ihre Mutter ist ganz ruhig für immer eingeschlafen.

Böses Kind

Ewald Kordes hat eine lange Reise hinter sich, bevor er in dieses kleine Kaff an der Ostsee gelangt ist. Nicht, dass er etwas Besonderes suchen würde, nein, er wusste einfach nach dem Krieg nicht mehr, wo er hingehört. So ist er durch die Republik gewandert und mal hier und mal dort geblieben. Ab und an hat er sogar gearbeitet, aber immer nur so lange, bis er die Wertsachen seines Arbeitgebers ausspioniert und eine passende Gelegenheit gefunden hat, sich an dem fremden Eigentum zu bereichern, um dann so schnell wie möglich das Weite zu suchen. Seiner unsteten Seele und der kriminellen Energie kommt dieses Leben sehr entgegen, denn es macht ihm nichts aus weiterzuziehen, wenn ein Ort zu heiß geworden ist.

Er ist durch und durch ein schlechter Mensch, der kein Mitleid kennt. Schon als Kind zeigt sich sein Hang zum Bösen. So bereitet es ihm großen Spaß, Tiere oder noch besser schwächere Mitschüler, die sich nicht wehren können, zu quälen. Natürlich immer so, dass man ihm nichts nachweisen kann.

Es ist sicher falsch zu denken, dass ein Kind schon als Unmensch geboren wird. So ein Säugling ist doch ein unbeschriebenes Blatt. Doch in diesem Fall kann man ins Zweifeln geraten. Ewald Kordes wird am 30. März 1922 in der Nähe von Danzig in einem kleinen Dorf geboren. Seine Eltern sind nicht mit Reichtum gesegnet, denn als einfache Bauern mit einem kleinen Anwesen können sie sich gerade über Wasser halten. Der große Wunsch, ein Kind zu bekommen, hat sich gerade erfüllt. Doch was ist los mit ihrem Sohn? Sobald er die Augen aufmacht, schreit er wie am Spieß und Nora Kordes ist schnell überfordert, denn sie hat das Gefühl, von seinen schwarzen Augen verfolgt zu werden. Egal ob sie den Kleinen im Arm wiegt oder ein Liedchen singt, er ist nur auf Abwehr und brüllt.

»Herbert, was mach ich nur falsch, unser Sohn mag mich nicht.«

»Ach, das gibt sich noch, Nora.« Und damit ist er in Gedanken bei seinem Vieh, wo es auch mal vorkommt, dass das Muttertier sein Junges ablehnt, oder auch umgekehrt. Kinder sind nun mal Frauensache! Je weniger er davon mitbekommt, umso besser.

Obwohl immer ungnädig, wächst und gedeiht Ewald körperlich prächtig. Seine Haare sind schwarz wie seine unergründlichen Augen und seine Lieblingsworte sind »Nein« und »Das will ich nicht!« Nora hat sich inzwischen auch einen harschen Ton angewöhnt. Und manchmal denkt sie, wie einfach und ruhig es ohne Kind war.

Als er endlich in die Schule geht, wird alles noch viel schlimmer. Nahezu jeden Tag ist etwas zu beklagen. Die anderen Kinder haben Angst vor ihm, wenn sie von ihm auf dem Heimweg abgefangen werden, dann gnade ihnen Gott. Zuerst wird die Schulmappe in den Dreck getreten und dann wird der Mitschüler brutal verprügelt. Wenn die Nase blutet und der Junge weint, tritt er noch mal zu und sagt scheinheilig: »Das hat dir doch auch Spaß gemacht, was?«

Seine Eltern sind restlos überfordert. Das Maß ist endgültig voll, als er den kleinen Nachbarjungen ohne Grund halbtot schlägt. Nun schaltet sich das Jugendamt ein und Ewalds Eltern sind erleichtert, die Verantwortung abgeben zu können. In der Erziehungsanstalt lernt er kennen, wie es sich anfühlt, auch mal der Schwächere zu sein, denn seine Mitbewohner sind ja auch nicht ohne Grund hier.

Mit siebzehn Jahren, als der Zweite Weltkrieg beginnt, ist er wild entschlossen für sein Vaterland zu kämpfen. Ein Vorwand, den Zwängen zu entkommen, die in diesem Erziehungsheim herrschen. Die Wehrmacht kann keinen besseren Menschen aus Ewald machen. Die Ereignisse belegen das.

*

Er ist nicht nur ein Dieb, sondern auch ein Sexualverbrecher, der junge Frauen sadistisch vergewaltigt. Nur zu dumm, dass beim letzten Mal etwas schiefgegangen ist.

Schon lange hat er ein Auge auf das junge hübsche Mädchen geworfen, das gerade mal fünfzehn Jahre alt ist. Marie arbeitet bei dem gleichen Bauern wie er. Sie hat sehr wohl gemerkt, von ihm beobachtet zu werden. Arglos fühlt sie sich von ihm angezogen, denn in ihrer Kindlichkeit spürt sie seine Brutalität nicht. Er überrascht sie, als sie gerade die Kühe versorgen will. Ohne Warnung packt er sie plötzlich so hart, dass sie vor Schmerzen aufschreit und dabei die Karre, die sie gerade mit Rübenschnitzeln gefüllt hat, umkippt. In diesem Moment erkennt sie sein wahres Wesen und zittert vor Angst. Doch genau das ist es, was Ewald reizt. Seiner Stärke hat sie nichts entgegenzusetzen. Er drückt sie zu Boden, reißt ihre Sachen herunter und dringt in sie ein. Dabei hält er ihren Mund zu, damit sie nicht schreien kann, und ergötzt sich an ihrem Widerstand. Er ist irritiert, als sie kurz darauf erschlafft. »He, was ist los mit dir? Gibst du so schnell auf?«

Als er sieht, was er angerichtet hat, zieht er sie ins Stroh und bedeckt sie spärlich damit. Dieses junge Mädchen hat seine rohe Gewalt nicht überlebt. Doch Schuldgefühle sind nicht Ewalds Sache, er überlegt nur, wie er am schnellsten von hier wegkommt und seine Haut rettet. Diesmal zieht er weiter, ohne seinen Arbeitgeber zu bestehlen.

Als man Marie vermisst und sie schließlich unter dem Stroh findet, gerät Ewald Kordes sofort in Verdacht, denn er ist wie vom Erdboden verschwunden.

Jetzt wird in der ganzen Republik mit Steckbrief nach dem mutmaßlichen Mörder gefahndet.

Wohlweislich hat er sein Aussehen verändert. Die Haare sind jetzt länger und gefärbt, ein Schnauzbart verdeckt seinen Mund, doch die stechend kalten Augen kann er nur hinter einer Sonnenbrille verstecken.

Natürlich hält es ihn nie lange an einem Ort. Schließlich ist er auf der Flucht.

Als er an diesem Vormittag in der kleinen Kneipe eingekehrt ist, ist er nicht darauf vorbereitet, jemanden zu treffen, den er kennt. Der freundliche Wirt hat ihm sogar ein Frühstück serviert. Er ist fast fertig, als er aus seinem Winkel das Paar hereinkommen sieht.

Den Mann hat er noch nie gesehen, doch die Frau kommt ihm irgendwie bekannt vor. Es ist nur so eine Ahnung, doch als sie in seine Richtung schaut, kann er in ihrem Gesicht das Erschrecken erkennen. Jetzt ist er sich sicher, dass er schon mal was mit ihr zu tun hatte. Auf einmal weiß er auch wo, und ein wohliger Schauer durchläuft seinen Körper.

In Gedanken ist er wieder in der Scheune irgendwo in Pommern. Schon von Weitem sehen er und seine Kameraden den Treck, der sich durch den Schnee und die Kälte quält. Sie sind erregt und halten nach jungen Frauen und Mädchen Ausschau. Selbst wenn sie sich verkleiden und auf alte Frau machen, können sie die Männer nicht täuschen, denn ihre Körperhaltung verrät sie fast immer, auch wenn sie nach dem anstrengenden Weg nicht mehr aufrecht gehen können.

Ewald lächelt selbstverliebt, doch seit die Sache mit Marie passiert ist, muss er sehr vorsichtig sein und alles ausschließen, was ihn verdächtig machen könnte. Die blonde Frau wäre eventuell als Zeugin bereit, von seiner Brutalität zu berichten, was er unbedingt vermeiden will. Er ist schon dabei, seine Zeche zu zahlen, als sie überstürzt die Kneipe verlässt.

Ewald muss unbedingt wissen, wo sie wohnt.

Ein paar Knicks und Büsche entlang des Weges verdecken seine Gestalt, die ihr unauffällig zum Strand folgt. Auch als sie an der Kate angelangt ist, hält er sich weiter im Schatten des Gestrüpps auf, denn er hat sofort erkannt, dass es in dem Haus noch eine andere Wohnung gibt. Da muss er noch mehr aufpassen, damit er nicht gesehen wird.

Alwara ist wieder nüchtern, als sie in ihre Wohnung geht. Dieser fremde Kerl in der Kneipe geht ihr nicht aus dem Kopf. Jahrelang verursachten ihr die furchtbaren Erlebnisse auf der Flucht Albträume, die hauptsächlich mit diesem abartigen Mann zu tun haben und sie schließlich sogar dazu brachten, nicht mehr ohne Alkohol leben zu können.

Weil es auf dem Land nicht üblich ist, die Türen zu verschließen, kann das Unglück seinen Lauf nehmen. Sie will gerade ein paar Zeitschriften vom Tisch nehmen, als die Tür leise geöffnet wird. Noch ist Alwara arglos und denkt im ersten Augenblick, es sei ihr Sohn. »Hallo, Jonatan, ist die Schule schon aus? Ich hab noch gar nicht mit dir gerechnet.« Doch als sie keine Antwort erhält, durchfährt sie wieder dieser Schauder, den sie beim Anblick des Fremden in der Kneipe gespürt hat.

Sie dreht sich um und schaut genau in seine grausamen, eiskalten Augen. Es sind die Augen, die sie seit Jahren verfolgen. Sie bleibt stumm, denn vor lauter Angst kann sie weder sprechen noch sich bewegen. Das Grauen lähmt sie und ihr wird gewiss, dass sie die Begegnung diesmal nicht überleben wird.

Ewald ergötzt sich an ihrer Angst, hat aber keine Zeit, sich lange daran zu laben. Der Zufall hat ihm in die Hände gespielt. Er ist ihr gefolgt, weil er sich nicht leisten kann, eine Zeugin wie diese Frau, die über seinen abartigen Hang berichten könnte, am Leben zu lassen.

»Das hast du wohl nicht erwartet, mich noch mal zu sehen, was, Süße?« Ohne weitere Worte packt er sie, wirft sie auf das Sofa und drückt ein Kissen auf ihr Gesicht. Alwara wehrt sich nicht lange und erschlafft.

Ohne Reue schaut Ewald auf sie hinunter und

murmelt: »Schade, du bist so eine schöne Frau, ich hätte gern was anderes mit dir gemacht.« Er legt sie so hin, dass man meinen könnte, sie schliefe, und deckt sie noch mit einer Wolldecke zu. Wie er gekommen ist, so verschwindet er auch wieder. Immer verdeckt von Büschen und Knicks verlässt er den Ort und zieht weiter.

Als Jonatan aus der Schule nach Hause kommt und flüchtig auf seine Mutter schaut, kann er ja nur annehmen, dass sie mal wieder ihren Rausch ausschläft.

Das unaufgeräumte Zimmer, der Geruch nach Alkohol und Zigaretten sprechen dafür. Er reißt das kleine Fenster auf und macht sich in der Küche sein Essen. Ohne noch mal auf seine Mutter zu schauen, verlässt er die Wohnung und geht zu seiner Lieblingsdüne, wo er seinen Gedanken und Sehnsüchten nachhängen kann.

Der Geruch des Meeres

Zehn Jahre später.

Die alte Kate steht immer noch am Strand. Das Dach ist inzwischen mit roten Pfannen neu gedeckt. Größere Fenster und eine neue Haustür haben dazu beigetragen, das Haus schon von außen attraktiver zu machen.

Jonatan ist Otto Jensen außerordentlich dankbar, dass er ihm das Grundstück mit dem kleinen Haus vererbt hat, obwohl er vor zehn Jahren, ohne sich von ihm zu verabschieden, plötzlich von hier verschwunden ist. Doch Otto hat geahnt, weshalb er so gehandelt hat, und hat es ihm nie nachgetragen.

Wäre Jonatan nicht weggegangen, hätte er all die Erfahrungen, die zu seiner Persönlichkeit beigetragen haben, nicht machen können. Nicht selten denkt er an die erste Zeit zurück, wo er heimlich in Scheunen übernachtet hat und immer auf der Suche nach etwas Essbarem war, ein einsames mageres Bürschchen, nicht wissend, wie es weitergehen soll. War das Leben in dem kleinen Nest an der Ostsee mit einer alkoholkranken Mutter schon schwer genug, so ist er jetzt in einem Zustand voller Trauer und

Unsicherheit. Nur der Gedanke, womöglich in eine Jugendeinrichtung zu kommen, hält ihn davon ab, zurückzukehren.

Aber als er endlich nach vielen Stationen in ganz Deutschland in einem kleinen Ort an der Isar gelandet ist, ändert sich für ihn das Leben grundsätzlich.

Xaver Roimann, ein Kunsttischler, vor dessen Werkstatt Jonatan staunend stehen bleibt, hat sofort einen Narren an ihm gefressen. »Suchen Sie Arbeit, junger Mann? Bei mir gibt es immer was zu tun. Sie sehen aus, als ob Sie eine Unterkunft und was zu essen gebrauchen könnten, und zupacken können Sie sicher auch.« Jonatan nickt zustimmend und ist froh, ihm nicht sagen zu müssen, dass er noch nichts anderes getan hat, als bei Bauern zu arbeiten. Doch Holz hat ihn schon immer fasziniert. Schon als Junge hat er an der Ostsee aus Treibholz schöne, originelle Figuren geschaffen.

Nun hat er also einen neuen Job und die Arbeit in der Werkstatt macht ihn sehr zufrieden. Wenn er auch nur kleine Hilfstätigkeiten ausführen kann, fühlt er sich sehr wohl bei seinem neuen Chef. Seine Unterkunft ist einfach, aber sauber, und Lilli, die Frau seines Arbeitgebers, ist eine freundliche Person, die außerdem auch noch wunderbar kochen kann.

»Hör zu, Jonatan«, inzwischen duzt ihn sein

Arbeitgeber, »wenn du aus deinem Leben etwas Sinnvolles machen willst, musst du unbedingt deinen Schulabschluss nachholen, denn ich kann mir vorstellen, dass du schon ziemlich früh von zu Hause abgehauen bist.«

Jonatan, der inzwischen Vertrauen zu seinem neuen väterlichen Freund gefasst hat, nickt. »Ich war vierzehn, als meine Mutter gestorben ist, und hatte Angst, in ein Heim zu kommen, deshalb habe ich alles stehen und liegen lassen. Nicht mal meinen alten Freund Otto Jensen habe ich eingeweiht.«

Xaver nickt verständnisvoll. »Ich könnte mir gut vorstellen, dich nach deinem Schulabschluss in die Lehre zu nehmen, denn ich hab gesehen, wie du aus einem Stück Holz ein kleines Kunstwerk zauberst. Du bist begabt.«

Natürlich ist es nicht einfach, den Schulabschluss nachzuholen, zumal dafür einige Unterlagen aus seiner Schulzeit fehlen. Doch mit Unterstützung seines Meisters sind die Papiere bald beschafft, und da Jonatan schon immer gut lernen konnte, fallen auch seine Zeugnisse gut aus.

So steht einer Lehre als Kunsttischler bei Xaver Roimann nichts mehr im Wege. Sein Meister hat sich nicht geirrt, der Lehrling ist wirklich sehr begabt. Es entstehen während der Ausbildung sehr schöne Kunstwerke. Wenn Jonatan in seiner Arbeitskluft in der Werkstatt arbeitet, vergisst er Zeit und Raum. Er lässt sich von dem Geruch des Holzes bezaubern und ist vertieft in sein Werk. Nicht nur Figuren, sondern auch kunstvolle Möbelstücke entstehen. Meister und Lehrling arbeiten Hand in Hand, und als Jonatan seine Prüfung zum Gesellen besteht, wird die Zusammenarbeit noch intensiver.

So vergehen wieder ein paar Jahre, die Jonatan sehr geprägt haben. Die Freundschaft zu seinem Meister und dessen Frau ist sehr eng, und ein hübsches junges Mädchen in der Nachbarschaft hat es ihm angetan. Er geht in seiner Freizeit dort ein und aus. Sonja hat sich sofort in den gut aussehenden Mann verliebt und nach einiger Zeit mit Freude zugestimmt, als er um ihre Hand angehalten hat.

Als er die Mitteilung vom Tod seines Freundes Otto erhält und dann erfährt, dass er die Kate an der Ostsee von ihm geerbt hat, übermannt ihn eine unsagbare Sehnsucht nach dem Ort seiner Kindheit und lässt ihn nicht mehr los. Jonatan überlegt, wie er es seinen Leuten erklären soll – vor allem Sonja.

Xaver merkt ihm die Betroffenheit gleich an. »Was ist los? Schlechte Nachrichten?«

»Ja, mein alter Freund Otto aus Kindertagen, ich hab dir doch schon mal von ihm erzählt? Er ist gestorben. Ich bin traurig, dass ich mich nicht mehr bei ihm gemeldet habe, seit ich von dort weggegangen bin.«

»Oh, das tut mir leid. Willst du zu seiner Beerdigung fahren?«

»Dazu ist es zu spät. Ich habe die Nachricht nur bekommen, weil er mich als Erben eingesetzt hat.

Er hat mir seine Kate mit dem dazugehörigen Grundstück vermacht.«

»Das hört sich an, als wärst du die längste Zeit bei uns gewesen. Wir werden dich sehr vermissen, aber dennoch kann ich verstehen, dass du zu deinen Wurzeln zurückkehren willst. Also geh nur, aber lass auch mal was von dir hören!«

Jonatan lässt Xaver und Lilli, die ihm fast die Eltern ersetzt haben, mit großer Dankbarkeit zurück.

Nun muss er sich nur noch von seiner Verlobten verabschieden, was sicher nicht so einfach ist. Er geht rüber zu Sonja. »Stell dir mal vor: Ich habe das Haus von meinem alten Freund Otto geerbt.«

»Der Fischer, von dem du mir mal erzählt hast?«

»Ja, genau der. Das Haus ist alt und renovierungsbedürftig, und es liegt an der Ostsee. Ich werde dorthin zurückgehen. Könntest du dir vorstellen, mit mir dort zu leben?«

Sie wird noch blasser als vorher und sucht verzweifelt nach Worten. Tränen blitzen in ihren grünen Augen. »Ich muss darüber nachdenken. Im Augenblick kann ich es mir nicht vorstellen.«

Jonatan ist enttäuscht, aber er kann sie auch irgendwie verstehen. Wer verlässt schon gern seine Familie und seine Freunde und vor allem diese schöne Gebirgslandschaft? Er umarmt sie zum Abschied. »Ich werde von mir hören lassen.«

*

Nun ist er wieder an der Ostsee und ist erstaunt, wie er den Geruch und die Geräusche des Meeres vermisst hat. Hier atmet er anders.

Unermüdlich arbeitet Jonatan daran, aus der Kate ein Schmuckstück zu machen. Nachdem er das Haus entkernt hat, ist aus zwei kleinen Wohnungen eine große geworden. Ein richtiges Badezimmer, voll gefliest, mit einer großen Badewanne, Waschbecken und einer Toilette ist bereits fertig. Eine neue Zentralheizung sorgt für gleichmäßige Wärme. Trotzdem hat er den alten Kachelofen mitten im Wohnraum stehen lassen – aus Nostalgie und wegen der Gemütlichkeit. Nun ist er dabei, Wände zu glätten und Fußböden mit Dielen zu versehen. Eine Grundausstattung an Möbeln ist schon unterwegs, um alles wohnlich zu gestalten.

Nach einem arbeitsreichen Tag schaut er sich in seinem neuen Reich um.

Eine offene Küche soll im Mittelpunkt stehen. Er stellt sich vor, mit Freunden zusammen zu kochen und zu klönen, ohne im Abseits zu stehen. Ein Gästezimmer steht zur Verfügung sowie ein großzügiges Schlafzimmer. Er ist erstaunt, was man aus so einem alten Gemäuer machen kann, und kann es kaum erwarten, die schönen großen Räume mit Möbeln auszustatten. Noch weniger kann er es erwarten, Anette seine Errungenschaften vorzuführen. Anette? Bei allem, was er plant, überlegt er immer wieder, was sie wohl dazu sagen würde. Seit sie sich zufällig am Strand getroffen haben, bekommt er sie nicht mehr aus dem Kopf. Wie hübsch sie aussah, als sie neulich mit ihren Freundinnen bei ihm vorbeigeschaut hat. Dabei fällt ihm ein, dass er die drei ja zur Einweihung eingeladen hat. Dazu müssen nur noch die Möbel eintrudeln.

Natürlich ist es nicht so, dass er noch keine Frau gehabt hätte. Ganz im Gegenteil, er brauchte nie viel zu tun, um ein Verhältnis einzugehen. Auch bei Sonja musste er sich nicht allzu sehr anstrengen. Wobei sich jetzt herausgestellt hat, dass es eher Verliebtheit als die große Liebe war. Und sein Gefühl sagt ihm, dass das bei Sonja auch nicht anders ist, denn sonst hätte sie sich wohl nicht so verhalten und wäre sofort mit ihm gegangen.

Jonatan ist sich im Klaren darüber, dass er die Verlobung unbedingt lösen muss.

Die einzige Frau fürs Leben, die er immer gesucht hat, ist ihm anscheinend jetzt begegnet und sie ist ihm nicht mal fremd.

Geschwister

»Jonatan ist wieder da.« Anette ist dabei, mit ihrem Bruder Anton den Kuhstall auszumisten, und soweit es möglich ist, unterhalten sie sich dabei.

»Ist das nicht der mit der alkoholkranken Mutter, die plötzlich gestorben ist? Der hat sich ja jahrelang nicht mehr blicken lassen.«

»Ja, das stimmt, zehn Jahre ist das jetzt her. Er hat die Kate von dem alten Fischer Otto Jensen geerbt. Nun macht er etwas ganz Tolles daraus.«

»Und woher weißt du das alles?« Anton schaut seine Schwester erstaunt an.

»Na ja, als ich neulich mit Max am Strand geritten bin, saß er auf seiner Düne wie früher. Da habe ich ihn einfach angesprochen.«

»Und wie es aussieht, hat meine kleine Schwester sich auf der Stelle verknallt!«

»Ach, du!« Anette versucht gar nicht erst, etwas zu verbergen, denn die Röte, die ihr ins Gesicht geschossen ist, spricht für sich selbst. Außerdem lässt Anton sich sowieso nicht täuschen. Er grinst und schaufelt eifrig weiter Mist in die Karre und macht sich seine eigenen Gedanken über seine Schwester, der er alles Glück der Erde wünscht. Vielleicht klappt es ja mit Jonatan besser als mit ihrem vorherigen Arbeitgeber, der sie nur getäuscht und ausgenutzt hat. Es kann doch nicht sein, dass sie hier bei ihm in der Landwirtschaft schuftet, obwohl sie einen guten Beruf erlernt hat, bei dem sie auch noch ihr kluges Köpfchen einsetzen kann.

»Anette, du solltest dich jetzt doch mal langsam nach anderer Arbeit umschauen«, sagt Anton. »Nicht dass ich es nicht zu schätzen wüsste, wie du mir hier unter die Arme greifst, aber auf Dauer ist das nicht dein Ding!«

»Du hast recht, großer Bruder, ich denke schon eine ganze Weile darüber nach. Was meinst du, könnte ich weiter hier wohnen bleiben? Ich fühle mich hier einfach wohl.«

»Na klar, das Haus ist doch groß genug für uns alle.«

Anette hat sich lange nicht entscheiden können, was sie in Zukunft machen möchte. Doch sie ist sich darüber im Klaren, dass es so nicht ewig weitergehen kann. Ihr erlernter Beruf hat ihr immer gefallen, und die Umstände, die dazu geführt haben, ihren Arbeitsplatz in Plön aufzugeben, hatten ja eher menschliche Gründe.

Sie hat sich bei einigen Firmen in der Nähe beworben, die sie auch von zu Hause mit ihrem alten VW Käfer gut erreichen kann. Da Sekretärinnen dringend gesucht werden, hat sie sogar die Wahl und entscheidet sich letztlich für einen Großhandel in Oldenburg. Hier ist natürlich alles anders als in der Kanzlei: viel mehr Hektik, ein raues, aber gutes Betriebsklima. Ihr Arbeitsfeld erweitert sich, indem sie nicht nur im Büro sitzt, sondern auch die Fahrer der LKW mit Frachtpapieren ausstatten muss. In dieser Form zu arbeiten, ist ganz neu für sie, aber sie stellt sich gern den Herausforderungen.

Sie ist wie ausgewechselt, wenn sie morgens aus dem Bett steigt und erwartungsvoll in Richtung Oldenburg startet. In diesem Großhandel geht es zu wie in einem Bienenschwarm. Überall wird gewuselt, einsortiert, gepackt, ent- und beladen. Jeder weiß, was er zu tun hat, und auch Anette hat sich schnell eingearbeitet. Noch ein funktionierendes Rädchen. Der Chef ist sehr zufrieden.

Ein Mann für alle Fälle

Anfang 1970. Theo, Lindas Mann für alle Fälle, wie sie es immer scherzhaft interpretiert, ist dabei, die kleine Wohnung im dritten Stock zu renovieren. Lange haben sie sich darüber unterhalten, ob sie überhaupt weiterhin hier wohnen wollen. Doch in einer Großstadt wie Hamburg ist es nicht einfach, mal eben eine schöne große Wohnung zu bekommen. So sind sie sich einig geworden, aus den kleinen Räumen das Beste zu machen. Bis jetzt haben sie sich dort ja auch sehr wohl gefühlt.

»Theo, leider muss ich dich jetzt verlassen, denn mein nächstes größeres Konzept wartet auf mich. Ich habe noch einige Ideen, wie ich es gestalten will. Ein Glück, dass Marlene alles mitmacht.«

»Ja, meine Schöne, du mit deinem Talent wirst bestimmt wieder was Tolles auf die Beine stellen.«

Linda ist schon an der Haustür, als sie sich noch mal zu Theo umdreht, der im Türrahmen zum Wohnzimmer lehnt. Sie rennt zu ihm, stellt sich auf die Zehenspitzen und drückt ihrem Schatz einen dicken Kuss auf den Mund. »Was würde ich nur ohne dich machen?« Und weg ist sie.

Theo ist darüber nicht verärgert. Ganz im Gegenteil, er ist sehr froh, ihr in allen Dingen helfen zu können, damit sie sich ihrer Mode widmen kann. Da er als freier Versicherungsagent bei einer großen Agentur angestellt ist, kann er sich seine Arbeitszeit einteilen. So ergänzen Linda und er sich bestens.

Theo ist dabei, die kleine Wohnung mit kräftigen Farben neu zu gestalten. Nach ein paar Tagen ist die Arbeit getan und er ist erstaunt, was die neuen modernen Möbel und einige schöne Bilder an den Wänden aus den Zimmern machen.

In der Schneiderwerkstatt sind Lindas und Marlenes Mitarbeiterinnen – inzwischen schaffen es die beiden nicht mehr allein – eifrig dabei, die Kleidung anzufertigen, die Linda für ein großes Modelabel entworfen hat. Da dies immer mit Terminen verbunden ist, die äußerst knapp sind, arbeiten sie alle konzentriert. Dennoch, ein entspanntes Arbeitsklima trägt dazu bei, dass sie sich wohlfühlen. So können die schönsten Sachen entstehen. Marlene, einst Lindas Meisterin, ist vom ersten Augenblick, als Linda ihr eine solche Zusammenarbeit vorgeschlagen hat, von dieser Aufgabe begeistert.

Vom Entwurf übers Schnittmuster und die Auswahl der Stoffe bis zum fertigen Kleidungsstück ist hier alles in einer Hand. Das ganze Unternehmen ist eine Erfolgsgeschichte, wie sich das vor einiger Zeit keiner hätte vorstellen können.

Linda lebt für ihr Geschäft, und alles andere ist für sie Nebensache. Theo hat ihr schon mehrmals einen Heiratsantrag gemacht, den sie jedes Mal wegen Zeitknappheit oder anderen Ausreden abgelehnt hat. Dabei liebt sie ihn und kann sich ein Leben ohne ihn gar nicht mehr vorstellen. Und manchmal, ganz selten, verspürt sie sogar Angst, dass er sie verlassen könnte. Vielleicht sollte sie mal ernsthaft über ihre Zukunft nachdenken. Soll die Modebranche alles für sie sein, oder möchte sie irgendwann Familie und Kinder? Sie nimmt sich vor, demnächst mit Theo darüber zu sprechen.

Frischer Wind

Bremen. Wie man sich schon denken kann, ist auch Vera auf dem Weg zum Erfolg, allerdings mit einigen privaten Einbrüchen.

Helga Andersen hat sehr schnell Vertrauen in ihre neue Gesellin gefunden.

Mit Feuereifer bringt Vera wie versprochen neuen Wind in den etwas vernachlässigten Laden. Für ein paar Tage ist das Geschäft geschlossen, während Vera die alten Stühle entfernen lässt und den Salon mit neuen Farben, Möbeln und Dekorationen modernisiert. Frau Andersen ist sehr zufrieden mit dem Ergebnis. Der Friseursalon in der Nähe des Hauptbahnhofs hat bald einen neuen Kundenstamm und profitiert natürlich nach wie vor von den Durchreisenden.

Vera bereut nicht eine Sekunde, ihrem alten Leben und der Enge des Gutes entflohen zu sein. Nur ab und zu vermisst sie ihren Bruder Bruno, mit dem man so schön herumfrotzeln kann. Doch sollte sie tatsächlich so etwas wie Heimweh empfinden, stürzt sie sich in die Arbeit, sodass keine Zeit bleibt, über diese Dinge nachzudenken, denn auch die kleine Wohnung, die zu dem Salon gehört und in der sie wohnen darf, muss komplett renoviert werden. So sind die freien Stunden mit Malen, Tapezieren und Einrichten ausgefüllt. Vera ist in ihrem Element, wenn sie im Schutzanzug mit dem Pinsel in der Hand ihre Ideen verwirklichen kann.

Die letzten Feinheiten sind vollbracht, als sie und ihre Chefin mit einem Glas Sekt auf die gelungene Veränderung anstoßen. »Vera, ich bin begeistert, was Sie aus diesen alten Räumen gemacht haben. Kein Vergleich zu vorher. Ich bin ja so froh, dass ich jemanden gefunden habe, der so anpacken kann wie Sie.«

»Ach, das habe ich doch auch für mich getan, denn schließlich möchte ich ja hier wohnen.« Vera lacht.

Die beiden Frauen verstehen sich prächtig. Ihre Kunden sind zufrieden, in diesem nett umgestalteten Salon bedient zu werden, und wie in Lütjenburg sind besonders die begeistert, die von Vera frisiert werden.

»Wie machen Sie das bloß? Ihre Kundinnen gehen ja geradezu wie beseelt aus dem Laden. Wenden Sie irgendwelche Tricks an?« Frau Andersen schmunzelt.

»Nö, Tricks brauche ich nicht. Ich kann nur gut zuhören. Dann berate ich sie und meistens gehen sie darauf ein. Das ist das ganze Geheimnis.«

»Na ja, und dann sind Sie ja auch sehr begabt und tüchtig. Ich habe mir schon lange überlegt, wie ich diesen Salon erhalten kann, ohne selbst dabei zu sein. Deshalb möchte ich Ihnen jetzt ein Angebot machen, das sie hoffentlich nicht ablehnen werden.« Vera ist gespannt, was ihre Chefin ihr sagen will. »Ich werde in absehbarer Zeit aus dem Geschäft ausscheiden und in den Ruhestand gehen.« Vera will protestieren. »Halt, halt, ich habe für mich entschieden, rechtzeitig aufzuhören, weil ich noch etwas anderes machen möchte. Ich werde reisen, denn das war schon immer mein Traum. Und jetzt ist der Zeitpunkt gekommen, dass ich ihn verwirklichen kann.«

»Was soll denn aus Ihrem schönen Salon werden? Den können wir doch nicht einfach schließen.«

»Nein, das werden wir auch nicht, denn da habe ich eine ganz andere Idee. Sie werden den Laden übernehmen. Ich weiß, er ist bei Ihnen in den richtigen Händen.«

Vera stöhnt. »Na, da kommt ja noch was auf mich zu, dann muss ich doch meinen Meister machen. Ob ich das überhaupt schaffen kann, steht in den Sternen!«

»Wenn das einer mit links macht, dann Sie, Vera!«

Aber Vera hat recht. Es ist ein schweres Stück Arbeit, bis sie ihren Meisterbrief in der Hand hält, auch wenn sie von Frau Andersen in jeder Weise unterstützt wurde.

Als es endlich geschafft ist und wie versprochen Frau Andersen ihr alles überschrieben hat, ist Vera

Inhaberin des gut florierenden Salons, sodass sie jetzt frei entscheiden kann, wie sie ihr Geschäft führen möchte. Mit Sabine, der neuen tüchtigen Gesellin, und einem Lehrling sind sie ein junges, modernes Team, das harmonisch zusammenarbeitet.

Als das neue Namensschild »Veras Friseursalon«, natürlich in grellen Neonfarben, über dem Eingang angebracht ist, steht Vera mit ihren Mitarbeiterinnen aufgeregt davor. »Darauf müssen wir nun aber dringend anstoßen!« Frau Andersen hat mit Sekt vorgesorgt, sie wünscht Vera mit ihrem Team alles Gute und viel Erfolg.

Warum nicht mal tanzen?

Wie ist es nur möglich, dass diese junge hübsche Person noch niemanden getroffen hat, mit dem sie gern zusammen sein möchte? Vera fragt sich manchmal, wenn sie sich doch ein wenig einsam fühlt, ob sie dazu verdammt ist, ihr ganzes Leben allein zu verbringen. Vielleicht liegt es in der Familie, denn ihr älterer Bruder Bruno hat ja auch noch keine Frau gefunden, die zu ihm passt. So gesehen war es wohl doch ein Fehler, dass sie sich so weit von ihren Leuten entfernt hat. Doch diese negativen Gedanken halten nie lange an, denn sie ist viel zu beschäftigt, um sich unendlich damit zu befassen.

Aber sie ist sich sicher, wenn sie einen trifft, der zu ihr passt, dann gibt es einen Knall.

Wenn der Zufall nicht mitspielt, in der Nachbarschaft kein junger Mann wohnt und auch im Beruf keiner auf der Schwelle steht, dann bleibt wohl nur noch das Tanzen übrig!

Sabine macht genau diesen Vorschlag, denn sie hat mitbekommen, dass ihre Chefin immer allein nach Hause geht. Sie druckst ein wenig herum, bis sie Vera anspricht. »Lass uns doch am Sonnabend zusammen in die Tanzbar gehen. Sie ist ganz in der Nähe und sehr nett. Ich war schon mehrmals da.«

»Und hast du da schon mal jemanden kennengelernt?«

»Nö, nicht wirklich, aber Spaß hatte ich allemal.«

»Na gut, ein wenig Abwechslung kann ja nicht schaden.« Vera ist einverstanden.

Die Bar ist in schummriges Licht gehüllt. Eine kleine Tanzfläche in der Mitte und einige Sitzmöglichkeiten mit winzigen runden Tischen am Rand sind schon von ein paar Personen besetzt. Der lange Tresen, in gedämpftes Rotlicht getaucht, lädt dazu ein, es sich auf den Barhockern gemütlich zu machen und einen Drink einzunehmen. Es riecht nach Zigaretten und Alkohol, was Vera und Sabine aber nicht abschreckt. Sie fühlen sich im Gegenteil von der Atmosphäre und der Beatband angezogen, die überwiegend flotte Titel spielt. Also rein in den Laden, rauf auf die Barhocker und etwas zu trinken bestellt. »Bitte sehr, die Damen, zum Wohl!« Der Barmann stellt die Getränke vor den beiden ab. Vera schaut auf und es durchfährt sie ein Schauer, als sie in seine Augen schaut. Soweit sie bei dem rötlichen Licht erkennen kann, sind es dunkle Augen. Sie gehören zu einem markanten Gesicht, das sie ungeniert angrinst. »Kennen wir uns?«

»Ich glaube nicht, ich bin das erste Mal hier.«

»Ach, das bedeutet doch nichts, Bremen ist ein Dorf. Ich bin mir sicher, Sie schon mal gesehen zu haben. Übrigens, ich bin Fred.« Er widmet sich wieder seiner Arbeit.

Vera, die es kaum fassen kann, was gerade mit ihr passiert, wendet sich an Sabine. »Kennst du Fred?«

»Na ja, er war ein paarmal an der Theke, aber mich hat er nicht angesprochen. Du musst ja was ganz Besonderes sein, ich hatte jedenfalls das Gefühl, dass er nicht so gesprächig ist.« In diesem Moment wird Sabine zum Tanzen aufgefordert und ist in dem Gewühl verschwunden, das inzwischen auf der Tanzfläche herrscht.

Fred ist in Hochform, wenn er seine Drinks mischt. Er hat viel zu tun, um alle zufriedenzustellen. Doch zwischendurch beäugt er Vera, die das natürlich mitbekommt. Sie schaut sich nach Sabine um, die gerade mit dem Typen, der sie aufgefordert hat, eine flotte Sohle aufs Parkett legt. Fred kommt in ihre Nähe und flüstert ihr zu: »Wenn du lange genug hierbleibst, verspreche ich dir den letzten Tanz.« Vera wird tatsächlich ein bisschen rot und ist sich sicher, dass sie auf ihn warten wird. Der Abend zieht sich hin. Ab und zu wird sie zum Tanzen aufgefordert, doch sie ist nicht mehr so richtig bei der Sache.

»Du hast mir noch nicht mal deinen Namen verraten, ich bin Fred, und du bist ...?«

»Vera.«

Vera liegt in seinen kräftigen Armen. Sie tanzen einen langsamen Schmusesong. Wie lange kennen sie sich? Gerade mal ein paar Stunden. Doch für Vera fühlt es sich an, als würden sie sich schon Jahre kennen.

Der letzte Tanz ist vorbei. Fred zieht sie noch mal ganz eng an sich heran und schaut ihr tief in die Augen. »Kommst du mal wieder in die Tanzbar? Ich würde mich freuen, dich wiederzusehen.«

Vera kann nur nicken. Tief im Innern spürt sie eine Enttäuschung. Was hat sie denn erwartet, dass er sie sofort zu sich nach Hause einlädt? So wie Fred aussieht, kann er jede Menge Frauen haben. Und was ist, wenn er vergeben ist? Es gibt so viele Fragen, auf die sie heute Abend keine Antwort bekommt.

So kann sie sich nur nach Sabine umsehen, die sie in dem Schummerlicht nicht so bald entdecken kann. Es tippt ihr jemand auf die Schulter, sie dreht sich um und blickt in Sabines Gesicht. »Wollen wir jetzt aufbrechen? Für heute haben wir ja genug getanzt, nicht? Hattest du denn wenigstens Spaß, Vera?«

»Hm, ja. Komm, wir gehen jetzt. Wenn du willst, kannst du heute bei mir übernachten, dann hast du es nicht so weit und wir können zusammen gehen.«

»Wenn es dir nichts ausmacht, gern.«

Vera schaut noch mal zur Bar, um einen Blick von Fred zu erhaschen, doch der ist eifrig dabei, seinen Arbeitsbereich zu säubern.

Arm in Arm gehen die beiden Frauen durch den frühen Morgen. Sabine plappert in einem fort und merkt gar nicht, wie in sich gekehrt Vera ist.

Schatten der Vergangenheit

Den letzten Blick von Vera hat Fred sehr wohl mitbekommen, doch noch zögert er, ihr irgendwie Hoffnung zu machen. Zu sehr ist noch immer in der Tiefe seines Herzens die Trauer um seine geliebte Frau vergraben. Wogegen Bodo, sein Freund und Mitarbeiter, ihn gedanklich schon mit ihr verkuppelt hat. »Ihr passt wirklich sehr gut zusammen. Und wie sie dich angesehen hat, unglaublich, die Frau hat sich unsterblich in dich verknallt! Merkst du das eigentlich nicht?« Fred grinst.

Fred und Bodo sind zusammen in die Schule gegangen und seitdem die besten Freunde. Sie haben alles gemeinsam unternommen: die ersten heimlichen Zigaretten, die ersten Versuche mit Alkohol, der erste Absturz, die ersten Freundinnen, der gleiche Beruf.

Sie werden beide im Bauamt tätig. Sie wissen alles voneinander, manchmal lesen sie sogar die Gedanken des anderen. Bodo weiß natürlich genau, weshalb Fred so zurückhaltend ist. Diesen Thekendienst macht Bodo neben seinem Beruf meistens am Wochenende, aber auch an anderen Tagen, wenn er gebraucht wird. Seinen Freund musste er nicht lange überreden, mit ihm diesen Feierabendjob anzunehmen, denn jede Ablenkung ist für ihn überlebenswichtig.

Sie haben zum Glück zwei wunderbare Frauen gefunden, die sich auch noch prächtig miteinander verstanden haben, und ziemlich zur gleichen Zeit geheiratet. Fast alle Unternehmungen machten sie zusammen.

Fred und Marion waren glücklich. Nach langem Suchen fanden sie eine bezahlbare Wohnung in der Innenstadt, die sie sich modern einrichteten. Da beide eine gute Anstellung und somit ein ordentliches Einkommen hatten, konnten sie sich ein Auto und ab und zu einen Urlaub leisten.

Marion wurde schwanger und war voller Zweifel, wogegen Fred außer sich vor Freude herumtanzte.

»Ich glaube«, sagte Marion, »ich bin noch nicht bereit, ein Kind zu bekommen.«

»Du brauchst doch keine Angst zu haben, Liebling. Ich weiß, du wirst eine wunderbare Mutter sein und ich werde dich unterstützen, wo ich nur kann! Bald sind wir eine richtige Familie.«

Die ganzen neun Monate bis zur Niederkunft waren ein Auf und Ab, denn Marion konnte ihre Unsicherheit nicht ganz ablegen. Sie hat sich über die Monate nicht wirklich wohlgefühlt und nur Fred zuliebe Zuversicht ausgestrahlt.

Doch dann gab es bei der Entbindung plötzlich Komplikationen. Das Kind lag falsch und konnte nicht auf natürliche Weise geboren werden. Warum die Hebamme das nicht schon vorher festgestellt hatte, wusste keiner.

Fred wartete die ganze Zeit aufgeregt auf dem Flur in der Klinik. Nach für ihn unendlich langer Zeit kam ein Arzt auf ihn zu. Ernst und aschfahl im Gesicht. »Sind Sie Herr Berger?«

Fred nickte und wusste sofort, dass etwas Furchtbares passiert war.

»Es tut mir sehr leid, was ich Ihnen nun sagen muss. Ihre Frau und auch Ihr Baby haben die Geburt nicht überlebt. Wir haben noch einen Kaiserschnitt eingeleitet. Doch es war zu spät.«

Fred hörte nicht mehr, was der Arzt sonst noch alles sagte. Der Schmerz, der über ihn hereinbrach, nahm ihm die Luft zum Atmen. *Meine geliebte Marion und auch noch das Kleine, wie soll ich nur weiterleben ohne sie?*

Bodo und Elli waren für ihn da, doch es gab nichts, was seine Trauer lindern und seine Selbstzweifel auflösen konnte. Er gab sich sogar die Schuld, weil er das Kind unbedingt wollte.

Seit diesem schlimmen Ereignis sind einige Jahre vergangen. Fred hat sich wieder gefangen, doch der Schmerz um seine geliebte Frau wird immer in einer kleinen Ecke seines Herzens bleiben. Natürlich, hier und da ein Techtelmechtel hat er nie ausgeschlossen. Aber die Schatten seiner verstorbenen Frau sind zu groß und keine kann einem Vergleich standhalten. Deshalb beendet er diese Beziehungen, bevor sich jemand Hoffnung machen kann.

Aber heute hat er eine besondere Person getroffen, die er entgegen seiner Äußerung sehr wohl schon mal gesehen hat. Obwohl sie sich optisch öfter verändert und mal mit blonden, roten oder braunen Haaren in Erscheinung tritt, ist sie leicht wiederzuerkennen. Egal, was sie gerade für eine Haarfarbe hat, sie sieht immer umwerfend aus. Er weiß sogar, dass sie die Chefin des Friseursalons beim Hauptbahnhof ist. Er kann ja mal in ihren Salon gehen und sich die Haare schneiden lassen.

Was hat Bodo über sie gesagt? *Sie ist unsterblich in dich verknallt. Merkst du das eigentlich nicht?*

Ein kleines Drama

Bayern. Jonatan ist zurück an der Isar, freudig empfangen von Xaver, seinem Freund und Förderer. »Natürlich möchte ich euch auch gern wiedersehen, doch der Hauptgrund, wieder hier zu sein, ist Sonja.«

»Na klar, du möchtest sie zu dir holen. Oder will sie etwa nicht mit dir an der Ostsee leben?«

»Vielleicht würde sie es sogar machen, aber ich muss unbedingt etwas klarstellen.«

Jonatan tut sich schwer, darüber zu reden, aber Xaver kann er vertrauen. Und schon schüttet er ihm sein Herz aus. »Stell dir mal vor, ich bin kaum in meinem Dorf an der Ostsee angekommen, da läuft mir ein junges Mädchen über den Weg, mit dem ich zur Schule gegangen bin. Wir haben uns sofort wiedererkannt und mir ist jetzt klar geworden, dass es nur diese Frau in meinem Leben geben kann. Sie geht mir nicht mehr aus dem Sinn. Nur werde ich ihr nicht meine Liebe gestehen, bevor ich mit Sonja reinen Tisch gemacht habe.«

»Das ist anerkennenswert, Jonatan. Es entspricht deiner ehrlichen Art, nichts zu verheimlichen. Gerade deswegen mag ich dich. Dann hoffe ich, dass Sonja Verständnis für dich hat.«

»Ach, das glaube ich eher nicht, aber das Drama muss ich durchstehen.«

*

»Sonja, nun hör schon auf zu weinen«, versuchte Jonatan, sie zu beruhigen. »Du willst nicht an der Ostsee leben und ich kann mir, seit ich dieses alte Haus geerbt habe, nicht mehr vorstellen, woanders zu sein.«

Sonja funkelt ihn an. »Aber du hast mir die Ehe versprochen!«

»Ja, das ist wahr. Ich habe wirklich geglaubt, wir könnten zusammen leben und eine Familie gründen. Doch inzwischen weiß ich, dass das nicht stimmt. Und willst du mit einem Mann zusammen sein, der dich nicht wirklich liebt? Außerdem kann deine Liebe zu mir auch nicht so groß sein, wenn du nicht mal bereit bist, mit mir zu gehen und woanders als hier in Bayern zu leben.«

Kaum hat Jonatan den letzten Satz ausgesprochen, ist ihm bewusst, wie unpassend er ist, denn nicht sie, sondern er beendet die Beziehung. Dennoch, ganz so falsch sind seine Gedanken nicht. »Ach, Sonja, es ist alles so verzwickt, wie es gelaufen ist. Wir können doch wie vernünftige Leute über alles reden. Lass uns nicht im Zorn auseinandergehen.«

Sonja schluchzt auf. »Du bist der größte Mistkerl, der mir je über den Weg gelaufen ist! Hier, deinen Scheißverlobungsring kannst du dir sonst wohin stecken!« Ihr Gesicht ist zu einer Grimasse verzogen, als sie ihm entgegenbrüllt: »Hau bloß ab! Ich will dich nie wiedersehen!«

»Es tut mir aufrichtig leid, Sonja!«

Jonatan, der gehofft hat, dass sich diese unangenehme Geschichte etwas zivilisierter zutragen würde, ist aber trotzdem froh, es hinter sich gebracht zu haben. Was für eine Ehe hätten sie denn führen sollen? Er an der Ostsee, sie in Bayern?

Xaver fragt ihn gar nicht erst, wie es gelaufen ist, als Jonatan blass in seine Werkstatt tritt, sich schweigsam ein gutes Stück Holz aussucht, an die Hobelbank geht und anfängt zu arbeiten. Damit hat Jonatan sich schon immer abgelenkt, wenn ihm etwas zu schaffen gemacht hat.

Er bleibt noch ein paar Tage bei seinen Freunden, genießt das gute Essen, das Lilli zubereitet, macht noch einige Touren in die wunderschöne nahe Bergregion, bevor er erleichtert wieder nach Hause fährt.

Die alte Kate

Die alte Fischerkate duckt sich immer noch hinter Heckenrosen, Schlehen und Weißdorn, sodass man von der Straße aus nur das Dach erblickt.

Wenn Jonatan als Kind hier in diesem Haus auch sehr traurige Zeiten erlebt hat, in denen er hauptsächlich auf sich allein gestellt war, ist mit dem Umbau alles ein bisschen in den Hintergrund gerückt. Es hat sich grundsätzlich alles geändert. Er ist erwachsen und nun stolzer Besitzer dieses kleinen Anwesens.

Endlich ist es vollbracht, alles ist ordentlich, sauber und perfekt. Jonatan wandelt in seinem renovierten Haus durch neu gestaltete Räume. Nichts erinnert mehr an die getrennten Wohnungen mit kleinen Zimmern. Von der Diele geht es in die offene Küche und in den Wohnraum mit dem großen Kachelofen. Die Polstergarnitur mit dem passenden Couchtisch lädt zum gemütlichen Sitzen ein, und der Wohnzimmerschrank passt genau in die Ecke. Durch die leicht vergrößerten Fenster in Richtung Ostsee kann man im Stehen das Meer sehen. Das Bad und das Schlafzimmer und sogar das Gästezimmer sind eingerichtet. Alles ist fertig. Nun kann endlich gefeiert werden!

Aber zuerst muss Jonatan eine besondere Person durchs Haus führen, die er nicht mehr aus dem Kopf bekommt, seit er sie am Strand zufällig wiedergesehen hat. Immer mal wieder hat sie sich nach ihm und seiner Arbeit erkundigt. Er kann dieser jungen hübschen Frau jetzt ohne schlechtes Gewissen in die Augen schauen, denn er ist wieder frei. Wenn auch die unschöne Szene mit Sonja noch nicht ganz vergessen ist, fühlt er sich froh und erleichtert.

»Anette, komm schon rein in die gute Stube!« Jonatan empfängt sie an der Haustür. Er nimmt ihre Hand und zieht sie mit sich.

»Wie hast du das bloß alles so toll hinbekommen? Ich bin begeistert. Diese offene Küche und das Wohnzimmer, richtig schick!«

»Es freut mich, wenn es dir gefällt.« Jonatan wird von einer wohligen Welle erfasst. Er schaut ihr in die Augen, dass ihr ganz anders wird. »Ich muss dir gestehen, bei allem, was ich gebaut und eingerichtet habe, habe ich immer nur an dich gedacht und ob es dir gefallen würde.«

»Ist das wahr?« Anette kommen die Tränen.

»Bitte nicht weinen.« Er zieht sie an sich und küsst sie auf den Mund. »Ich liebe dich!«

»Ich liebe dich auch! Ich glaube, seit dem Tag, als ich dich auf der Düne getroffen habe, bin ich in dich verliebt. Ich wollte es nur nicht wahrhaben.«

»Mir geht es genauso, aber ich will ehrlich zu dir sein. Als wir uns zufällig wiedergesehen haben, war ich noch mit Sonja verlobt, einer Nachbarstochter meines Meisters. Ich habe wirklich gedacht, das sei die Frau meines Lebens, bis mir Zweifel gekommen sind, weil sie auf keinen Fall mit mir an die Ostsee ziehen wollte. Du hast ja sicher mitbekommen, dass ich ein paar Tage nicht hier war. Ich bin nach Bayern gefahren, um in Ruhe mit Sonja zu reden. Die Hoffnung, die Verlobung im Einverständnis aufzulösen, ist leider geplatzt. Im Gegenteil, es ist sogar etwas unschön geworden, deshalb möchte ich auch nicht in alle Einzelheiten gehen. Nur so viel: Ich bin wieder frei!«

Anette schaut ihn mit großen Augen an, denn jetzt ist die Gelegenheit, auch Jonatan gegenüber aufrichtig zu sein.

»Ich glaube, es ist an der Zeit, dir auch meine Geschichte zu erzählen. Nach meinem Schulabschluss habe ich Sekretärin gelernt und bei einem Rechtsanwalt in Plön gearbeitet. Ich habe mich unsterblich in Rudi Winter, meinen ehemaligen Chef, verliebt, was dieser Schurke schamlos ausgenutzt hat. Er war wie du auch verlobt, was ihn aber nicht daran gehindert hat, mich zu verführen. Immer wieder hat er mir versprochen, seine Verlobung zu lösen, aber er hat es nicht getan. Um meine Selbstachtung zu erhalten, habe ich schweren Herzens gekündigt. Es hat lange gedauert, bis ich meinen Liebeskummer überwinden konnte. Die Familie und die Arbeit in der Landwirtschaft bei Anton haben mir dabei sehr geholfen. Wie du siehst, bin auch ich für eine neue Beziehung bereit.«

Jonatan schließt sie tröstend und erleichtert in seine starken Arme.

Linda, Theo und Vera haben in der Nähe Hotelzimmer nehmen können. Anette hat sich gern überreden lassen, Jonatan bei der Einweihung zu helfen, und ist nicht mit den anderen im Hotel. Auch Anton und Veras Bruder Bruno sind eingeladen. Zur großen Freude Jonatans sind sogar Xaver und Lilli aus Bayern angereist.

Die alte Kate ist von außen kaum verändert. Zwar leuchtet das neu gedeckte rote Dach, und die große Haustür ist ein Blickfang, aber die alten Ziegel und die Sprossenfenster, obwohl erneuert, zeugen von mehreren Generationen, die hier gelebt und gearbeitet haben. Jonatan hat draußen an der fensterlosen Seite in Gedenken an seinen alten Freund Otto ein paar Fischernetze aufgehängt, die zusammengeknüllt in einer Ecke des kleinen Schuppens lagen.

Demnächst wird er dort seine Werkstatt bauen. Noch ein Stück schwere Arbeit, die ihm aber durch die Vorfreude auf seine künstlerischen Tätigkeiten, die er dann ungehindert ausüben kann, nicht schwerfallen wird.

Jonatan ist nun doch etwas aufgeregt, als die ganzen Leute vor der Haustür stehen und erwartungsvoll auf den Hausherrn blicken. »Ich freu mich sehr, euch alle zu sehen. Also hereinspaziert! Meine fleißige Hilfe hat einen Begrüßungsdrink vorbereitet.«

Anette wartet schon mit einem Tablett voller Gläser. Sie freut sich natürlich riesig, ihre besten Freundinnen in die Arme schließen zu können. Linda und Vera sind sehr neugierig. »Nun sag schon, Anette, seid ihr jetzt zusammen? Irgendwie siehst du so glücklich um die Augen aus.«

»Ja, aber seid nicht so laut, es muss ja nicht jeder gleich mitbekommen.«

»Alle Achtung, Jonatan. Hast du das alles allein hinbekommen?« Anton schaut sich in dem Haus ganz genau um.

»Na ja, das Bad mit allem Drum und Dran hab ich machen lassen, aber das andere ist mein Werk.«

Xaver, der anerkennend nickt, hat sich schon vorstellen können, dass sein ehemaliger Geselle Geschmack hat, aber was der aus diesem alten Haus gemacht hat, begeistert ihn. Nachdem Jonatan seine Gäste überall herumgeführt hat und viel Lob für seine Arbeit einheimsen konnte, bittet er sie ans Büfett, das Anette und er zubereitet haben.

»So, nun langt ordentlich zu!«

Es ist ein langer Abend, an dem viel gegessen, getrunken, geredet und gelacht wird. Nebenbei lernt man sich ein wenig besser kennen.

Das Meer

Weißer Schaum sitzt auf den Wellenspitzen, die das aufgewühlte Wasser noch dunkler, sogar ein wenig unheimlich erscheinen lassen. Es stürmt. Düstere Wolken jagen am Himmel und der Sand fegt über den Strand. Anette und Jonatan, wetterfest angezogen, die Wollmützen tief im Gesicht, kämpfen sich gegen den Sturm voran. Sie lieben es beide, bei diesem Wetter am Meer die Elemente hautnah zu spüren, die Natur in ihrer unerbittlichen Art zu erleben und sich dennoch sicher und geborgen zu fühlen.

Sie atmen den unvergleichlichen Geruch nach Salz und Tang ein, während die Wellen schäumend am Ufer auslaufen, sich kurz zurückziehen und aufs Neue an den Strand schlagen. Es ist ein ewiger Kreis im Ablauf der Natur.

Bei dem Getöse von Wind und Wellen ist eine Unterhaltung kaum möglich, deshalb hängen sie wortlos ihren Gedanken nach. Normalerweise werden die unguten Geschichten einfach weggefegt, doch manchmal geistern sie weiter ohne eine Lösung im Kopf herum.

Auch wenn Anette jetzt bei ihm ist und ihn ablenkt, holt Jonatan in solchen Momenten seine Vergangenheit wieder ein.

Dieser schreckliche Augenblick, als er vom Tod seiner Mutter erfährt, und die späte Erkenntnis, dass da nicht alles mit rechten Dingen zugegangen sein kann, machen ihm immer noch zu schaffen. Er muss sich wahrscheinlich an den Gedanken gewöhnen, dass eine Aufklärung nach so vielen Jahren nicht mehr möglich ist. Es kommt eher selten vor, dass ein Täter durch Zufall entlarvt wird.

Jonatan grübelt. Sollte man darüber reden oder die Vergangenheit ruhen lassen?

Irgendwann wird er Anette von der Sache erzählen. Vielleicht hat sie sogar eine Idee, wie man vorgehen könnte.

Auch Anette gehen viele Gedanken durch den Kopf.

Die Einweihung war ein voller Erfolg. Sie hat Jonatan die Freude über die Komplimente seiner Freunde angesehen, doch als alle aus dem Haus waren und sie aufgeräumt haben, ist er auf einmal ganz ernst geworden.

»Anette, du weißt ja, wen ich immer vor Augen hatte, als ich hier alles geändert habe.«

»Meinst du mich?«

»Ja, ich habe immer nur dich gesehen. Kannst du dir vorstellen, mit mir hier zu leben? Du würdest mich zu einem glücklichen Menschen machen!«

Sie musste lächeln, denn sie hat ja auch ständig an ihn gedacht.

Wie selbstverständlich ist sie ein paar Tage später in Jonatans Kate eingezogen. Ohne sich zu fragen, ob es in Ordnung ist, ohne Trauschein mit ihm zusammenzuleben, hat sie ihre paar Sachen zusammengepackt und ist mit dem alten VW Käfer zum Strand gefahren.

Ihr wird noch ganz anders, wenn sie daran denkt, wie er sie einfach hochgehoben, über die Schwelle getragen und ihr dabei tief in die Augen gesehen hat. Ohne Worte trug er sie ins Schlafzimmer, wo sie das erste Mal miteinander schliefen. Zwar hatten sie sich schon so oft getroffen, aber zu diesem Schritt kam es erst jetzt.

Sie drückt seine Hand. »Ich liebe dich über alles!«

Obwohl er kein Wort bei dem Lärm am aufgewühlten Meer verstehen kann, sagt er: »Ich liebe dich auch!«

Es war nicht so einfach, ihre Familie davon zu überzeugen, sie zu Jonatan ziehen zu lassen. Anton war zwar sofort auf ihrer Seite, doch ihre Mutter wollte gern, dass sie vorher heiraten. Schon allein wegen der Nachbarn, die sich sowieso schon das Maul zerreißen. Doch davon lassen die Geschwister sich nicht irritieren. Auch Anton ist schon lange mit seiner Freundin zusammen, ganz ohne Trauschein.

Anette wird natürlich weiter im Großhandel in Oldenburg arbeiten. Ob sie nun oben vom Dorf oder unten vom Strand abfährt, spielt keine Rolle. Jonatan und sie haben vereinbart, dass jeder sich selbst verwirklichen kann, ohne sich einzuschränken – da sind sie in den Siebzigerjahren schon ein sehr modernes Paar.

Langsam nähern sie sich ihrem gemütlichen Zuhause. Sie schließen die Tür und lassen Wind und Wetter draußen.

Allein zu Hause

Theo Harder kommt in die kleine renovierte Wohnung und ist mal wieder angetan von der Wärme der kräftigen Farben, die er selbst ausgesucht und an die Wände gebracht hat. Die modernen Bilder und die neuen Möbel tun ein Übriges.

Linda ist noch nicht im Haus, was ihn auch nicht verwundert, denn sie ist mal wieder sehr eingebunden. Sie fertigt für die Herbstsaison mit ihrem Team eine neue Kollektion an. Da kommt sie immer nur für ein paar Stunden zum Schlafen heim. Manchmal bleibt sie auch in der Werkstatt, wo sie sich in einer Ecke einen Schlafplatz eingerichtet hat. Und er hat das Gefühl, dass sie auch heute nicht nach Hause kommt. Manchmal, ganz selten, ist er es leid, immer allein in der Wohnung zu sein. So tolerant er auch ist, gerade heute wäre ihm sehr daran gelegen, mit ihr Zeit zu verbringen. Linda die nebensächlichsten Sachen zu erzählen, ihr zu sagen, welche Verträge er gerade abgeschlossen hat oder vielleicht sogar die Geschichte von dem alten Mann, dessen Frau gerade gestorben ist, der in seiner Trauer so hilflos wirkte, dass Theo ihn am liebsten in den Arm genommen hätte. Als Versicherungsagent bekommt er es mit vielen Menschen und Geschicken zu tun. Nicht immer geht das Schicksal der Leute an ihm spurlos vorbei, dazu ist er ein viel zu empfindsamer Mensch.

Er hängt seine Jacke im Flur an die Garderobe, legt die Unterlagen im Wohnzimmer auf den Tisch und will eigentlich noch ein wenig arbeiten, kann sich aber nicht konzentrieren. Er holt sich ein Bier aus der Küche und schaltet den Fernsehapparat ein, doch lange hält er es auch damit nicht aus.

Er geht zum Telefon und ruft seinen Freund Udo an. Sie kennen sich schon seit der Schulzeit und haben sich nie aus den Augen verloren. Theo wird nie vergessen, wie Udos Familie ihn aufgenommen hat, als erst sein Vater und kurz darauf seine Mutter gestorben sind.

»Udo, hast du Zeit, wollen wir irgendwo ein Bier trinken gehen? Ich hab das Gefühl, mir fällt im Moment die Decke auf den Kopf.«

»Hat Linda dich mal wieder allein gelassen? Ne, aber klar, wozu sind Freunde denn da? Treffen wir uns in einer halben Stunde in Paulas Bar?«

In Paulas Bar ist samstags ordentlich was los. Die Musikbox dröhnt und die Leute stehen an der Theke. Qualmschwaden wabern im Raum, was Theo und Udo aber wenig stört. Sie bestellen sich einen Drink an der Bar.

»Hallo, Jungs, auch mal wieder hier? Lasst es euch schmecken!« Paula ist ein Original. Stark geschminkt, mit knallrot gefärbten Locken, die ein etwas verlebtes Gesicht einrahmen, schaut sie den Gästen mit ihren dunklen Augen direkt in die Seele. Mit ausgeprägtem Hamburger Dialekt spricht sie jeden mit seinem Namen an. Sie kennt nicht nur alle, sondern auch die speziellen Geschichten und Probleme der Einzelnen, denn je mehr Alkohol im Spiel ist, umso gesprächiger werden die Leute. Aber egal, was ihr anvertraut wird, sie schweigt wie ein Grab.

Bei dem Lärm ist eine Unterhaltung nur schwer möglich, was Theo überhaupt nicht stört. Er muss nur mal raus aus der einsamen Wohnung und Leben um sich spüren.

Linda reckt und streckt sich. »Ich glaube, für heute haben wir genug geschafft. Wir machen jetzt Feierabend und sehen uns am Montag in aller Frische wieder.« Ihr Team packt die Näharbeiten zur Seite und bricht auf in die wohlverdiente Freizeit. Alle wissen: Wer hier arbeitet, darf nicht auf die Uhr schauen. Erst wenn alles fertig ist, kann man an normale Arbeitszeiten denken.

Marlene nimmt Linda in den Arm. »Was du hier auf die Beine gestellt hast! Alle Achtung! Aus einer kleinen Nähstube hast du ein richtiges Unternehmen gemacht.«

»Ach, nun mach mal halblang. Ohne dich hätte ich das hier doch gar nicht schaffen können. Ich bin so froh, dass du mich in allen Dingen unterstützt.« Linda drückt ihr einen Kuss auf die

Wange. »Also dann bis Montag.« Und schon ist sie draußen.

Die halbe Stunde Fußweg nach Hause macht den Kopf frei und ist gleichzeitig ein Ausgleich für das lange Sitzen bei der Arbeit.

Sie freut sich riesig auf ein Wochenende mit Theo. Ihr wird wieder einmal bewusst, wie sehr sie ihn liebt und was sie an ihm hat. Voller Vorfreude schließt sie die Tür auf, um maßlos enttäuscht allein in der dunklen Wohnung zu stehen.

Wo ist Theo? Plötzlich überkommt sie Angst, dass er genug von ihr hat. Sie kann es sogar verstehen, denn er ist ein Familienmensch. Wie oft hat er ihr schon einen Heiratsantrag gemacht? Dreimal? Und jedes Mal hat sie ihn mit irgendwelchen banalen Ausreden abgewiesen. Wie lange lässt er sich das noch gefallen? Dabei weiß sie es genau: Er ist der Mann ihres Lebens. Sie ist immer noch verliebt wie am ersten Tag.

Theo, Theo wo bist du? Ich kann nicht leben ohne dich. Nicht nur aus Sehnsucht, sondern auch aus Erschöpfung bricht sie in Tränen aus.

»Hallo, mein Schatz, aufwachen!« Theo berührt sie sanft an der Schulter. Linda ist im Sessel sitzend eingeschlafen und schreckt nun hoch.

»Ah, da bist du ja! Ich habe schon gedacht, du hast mich verlassen. So, wie ich jetzt aussehe, kann ich nicht erwarten, dass du mich heiratest, aber ich möchte unbedingt deine Frau werden! Bitte sage nicht Nein, obwohl ich es verdient hätte.«

Der Heiratsantrag ist nicht so großartig gelungen, wie sie sich das eigentlich vorgestellt hat, aber nun ist es raus.

»Hab ich richtig gehört? Du willst mich nun doch heiraten?« Theo ist aus dem Häuschen, aber er will ihr noch eine Lehre erteilen. »Ich brauche noch etwas Bedenkzeit, Linda.«

So, jetzt will er sie nicht mehr, das hat sie jetzt von ihrem ewigen Hinhalten. Sie ist schon wieder den Tränen nahe. Als Theo sieht, dass sie mit den Tränen kämpft, kann er nicht mehr hart sein. »Liebste Linda, ich wünsche mir seit Jahren nichts sehnlicher, als dich zu heiraten. Ich sage Ja!«

Ein neuer Schnitt

Nicht nur weil Bodo immer wieder auf ihn einredet, entschließt sich Fred zu einem Besuch in Veras Friseursalon, sondern weil er sie seit dem Abend in der Tanzbar keine Sekunde aus seinem Kopf verbannen kann. Dass das ein ganz besonderer Abend war, ist ihm bewusst. Er spürt noch immer ihren schlanken Körper, der sich wie selbstverständlich an ihn schmiegt, als der letzte Tanz erklingt. Und ihr Blick, den sie ihm zum Schluss voller Sehnsucht und Traurigkeit zuwirft, hat sich bei ihm eingebrannt. Also macht er sich auf den Weg in der Hoffnung, dass sich ihre Gefühle für ihn nicht verändert haben.

Vera kann es nicht glauben, als sie sieht, wer da gerade hereinkommt. Der Lehrling fragt nach seinen Wünschen.

»Ich möchte von der Chefin bedient werden«, verlangt Fred.

»Die hat gerade eine Kundin. Aber warten Sie bitte, ich frage sie mal, wie lange das noch dauert.«

»Ich habe Zeit.«

Am liebsten würde Vera auf der Stelle im Erdboden versinken oder einfach davonrennen. Was ist bloß los mit ihr? Im Stillen hat sie doch auf ihn gewartet oder wie ein Teenager gehofft, ihn irgendwo wiederzusehen. Und nun kommt er hier einfach reinmarschiert. Das scheint mehr als eine zufällige Begegnung zu sein, aber ganz ohne Zweifel ist sie nicht.

Inzwischen ist ihre Kundin fertig und, wie sollte es anders sein, sehr mit ihrem Aussehen zufrieden. Vera hat mal wieder alles gegeben.

Groß, schlank und mit verschmitzten Augen sitzt Fred erwartungsvoll auf dem eben frei gewordenen Stuhl. »Hallo, ich bin Fred Berger.«

»Ja, ich weiß, und ich bin immer noch Vera Sievers.«

Er schaut sie intensiv im Spiegel an, sodass sie seinen dunklen Augen nicht ausweichen kann. Sie hat sich ein wenig gefangen, ist aber von ihren Gefühlen überwältigt.

Er grinst. »Vielleicht hätte ich mich anmelden sollen, dann hättest du dich auf mich einstellen können.«

»Ach, Blödsinn, warum muss ich mich auf dich einstellen? Du bist ein Kunde wie jeder andere.« Sie versucht es mit Geschäftsmäßigkeit. »Wie soll dein Haar geschnitten werden, nur ein bisschen kürzer, oder möchtest du einen ganz neuen Schnitt?«

»Wenn schon, denn schon. Bitte einen neuen Schnitt, ich begebe mich vertrauensvoll in deine Hände.«

Schon ist sie dabei, Freds dunklen dichten Haaren fachmännisch einen neuen Messerschnitt zu verpassen. Solange sie schneidet, ist sie auf ihre Arbeit konzentriert. »So, fertig, hoffentlich gefällt dir das, viel ändern kann ich jetzt nicht mehr.«

»Doch, doch, sieht ordentlich aus.« Aber er schaut sich gar nicht im Spiegel an, sondern ist nur auf Vera fixiert. »Würdest du heute mit mir essen gehen? Ich möchte dich einladen. Ich hol dich nach Feierabend hier ab.« Er wartet ihre Antwort gar nicht ab, bezahlt, und ehe sie sich versieht, ist er schon draußen.

Sabine, die natürlich alles mitbekommen hat, flüstert Vera zu: »Der ist ja total in dich verknallt. Du gehst doch mit, oder?« Vera nickt. Von wegen ein Kunde wie jeder andere.

Sie hat noch nie den Feierabend so herbeigesehnt und trotzdem so gefürchtet wie heute. Vielleicht kommt er ja auch gar nicht. Doch als sie als Letzte den Salon verlässt und abschließt, spricht er sie von hinten an. »Ein Glück, ich habe es noch rechtzeitig geschafft. Wollen wir denn los oder musst du erst nach Hause und dich frisch machen?«

Sie schüttelt nur den Kopf, denn im Moment ist sie sprachlos.

Es weht ihnen ein kalter Septemberwind ins Gesicht, der den bevorstehenden Herbst ankündigt. Sie bemerken ihn kaum, denn sie sind so mit sich beschäftigt, dass das Wetter nebensächlich ist. Wie selbstverständlich ergreift Fred ihre Hand und beseelt tippelt sie nebenher.

Fred führt sie in ein Restaurant, nicht weit von ihrem Salon entfernt. Er hat einen Tisch reserviert, etwas separat von den anderen. Sie lassen sich das Drei-Gänge-Menü schmecken. Fred ist begeistert, wie Vera das Essen genießt. Sie versuchen, sich zu unterhalten, zuerst stockend, aber zunehmend immer flüssiger, wobei sich besonders Vera hervortut. Vielleicht ist es der Wein oder sie hat einfach das Bedürfnis, sich mitzuteilen. »Ich bin ja in Schönsee, einem Dorf an der Ostsee, aufgewachsen. Es ist dort wunderschön am Meer, aber ich konnte es nicht mehr in dieser Enge bei uns zu Hause aushalten. Meine Eltern sind einfache Leute. Mein Vater ist Landarbeiter, mein großer Bruder Melker.« Auf einmal kommen ihr die Tränen. »Ich vermisse sie so sehr, besonders Bruno, mit ihm kann man Pferde stehlen.«

Fred nimmt ihre Hand. »Wir können sie ja mal besuchen. Ich habe ein kleines Auto. Nächstes Wochenende?«

Vera kann es nicht glauben. Fred will ihre Familie kennenlernen!

Eigentlich erzählt man ja nicht gleich alles, aber Vera war in der letzten Zeit doch sehr viel allein und hätte ihm ihr ganzes Leben aufblättern mögen.

Aber auch Fred hat eine Menge zu berichten. »Vor ein paar Jahren hatte ich noch eine richtige Familie, oder besser gesagt, es sollte gerade eine werden. Meine Frau war schwanger und ich war total glücklich. Doch bei der Geburt gab es auf einmal Schwierigkeiten und sosehr die Ärzte sich bemüht haben, sie konnten Marion und das Kind nicht retten.« Fred bricht die Stimme und er wischt sich über die Augen.

Vera ist voller Mitgefühl. »Oh, das tut mir leid!«

»Danach bin ich in ein tiefes Loch gefallen. Wenn Bodo und Elli nicht da gewesen wären, ich weiß nicht, was ich getan hätte. Inzwischen habe ich meinen Lieblingsmenschen in einem kleinen Stück meines Herzens aufbewahrt, und nur wer das akzeptiert, kann den großen Rest haben.«

»Jetzt verstehe ich, weshalb du so vorsichtig bist, dich auf eine neue Beziehung einzulassen. Du hast Angst vor dem großen Schmerz, aber so schließt du auch das große Glück aus. Sicher hätte deine Frau nicht gewollt, dass du allein bleibst.«

Fred drückt ihre Hand, die er den ganzen Abend nicht mehr loslässt. »Aber jetzt habe ich meinen Paradiesvogel gefunden. Ich glaube, ich habe mich unsterblich verliebt in diese Person mit dem hübschen Gesicht, den verrückten Frisuren und den ständig wechselnden Haarfarben.«

»Meinst du etwa mich damit?« Vera muss lachen. »Na ja, da denkst du wie Bruno, der nennt mich auch immer so.«

So wie es aussieht, haben sich hier wohl zwei Menschen gefunden, die beide nicht mehr geglaubt haben, noch mal dem richtigen Partner zu begegnen.

Großer Bruder

Seit Vera das Gut verlassen hat und nach Bremen gezogen ist, ist es in ihrer Familie noch stiller geworden. Die beiden Männer gehen ihrer Arbeit nach, der Vater Hans auf den Feldern und Bruno im Kuhstall. Veras Mutter hält die kleine Wohnung sauber und sorgt für die Mahlzeiten. Sie muss oft an ihre Tochter denken. Ob es ihr wohl gut geht? Sie hat schon länger nichts von sich hören lassen. Der letzte Brief von Vera geht ihr nicht aus dem Sinn. Sie glaubt ihr unbesehen, dass das Geschäft wie geschmiert läuft, denn sie weiß ja, wie tüchtig sie ist. Aber zwischen den Zeilen spürt sie die Einsamkeit, ja, sogar etwas Heimweh und den Zweifel, jemals einen Menschen zu finden, der zu ihr passt. Maria Sievers ist in Gedanken versunken, als Bruno die Tür öffnet. »Hallo, Mama, was gibt es heute zu essen?«

»Ich habe Bratkartoffeln und Sauerfleisch vorbereitet, aber ich bin irgendwie davon abgekommen. Vera geht mir nicht aus dem Sinn, sie hat sich schon so lange nicht gemeldet.«

»Ach, Mama, der wird es bestimmt gut gehen. Du weißt ja, sie hat immer viel zu tun. Aber ich habe eine Idee. Wie wäre es, wenn wir beide sie am Wochenende besuchen? Ich glaube nicht, dass Papa mitkommt, aber wir können ihn ja mal fragen.«

»Würdest du das tun, Bruno?« Maria kommen die Tränen. »Ich habe ja selber Sehnsucht nach meinem Paradiesvogel. Wir rufen sie sofort an, ob es passt.«

Als das Telefon klingelt, geht die Chefin selbst an den Apparat. »Veras Friseursalon, was kann ich für Sie tun?«

»Hallo, Schwesterlein, hier ist Bruno. Wir haben Sehnsucht nach dir und wollen dich am Wochenende besuchen. Passt es dir?«

»Na klar! Das ist ja mal eine Überraschung. Kommt Mama auch mit?«

»Mama ist der Hauptgrund. Sie vermisst dich!«

»Dann bis Samstagnachmittag. Ich freue mich riesig!«

Obwohl Vera sich ehrlich freut, überlegt sie, wie sie ihrer Familie am besten beibringen kann, dass sie einen Freund hat. Sie muss lächeln, als sie daran denkt, dass Fred ihr vorgeschlagen hat, dieses Wochenende mit ihr nach Hause zu fahren. Und nun kommt ihre Familie zu ihr. Sie hat das Gefühl, dass die Ereignisse sich überschlagen.

»Fred, stell dir mal vor, meine Familie will mich am Wochenende besuchen. Das ist doch eine ideale Sache, sie gleich vor vollendete Tatsachen zu stellen. Oder möchtest du lieber noch geheim gehalten werden?« Vera ist noch nicht mal richtig im Flur, als sie schon lebhaft auf ihn einredet.

Fred kann gar nicht anders, er muss lachen. »Was möchtest du denn? Mich vorstellen oder lieber geheim halten?«

»Ach, du, du sollst mich nicht auf den Arm nehmen. Ich würde es am liebsten in die Welt hinausposaunen. Ich bin verliebt! Schaut her, ich liebe diesen wunderbaren Mann!«

Er lächelt sie auf seine unvergleichliche Art an. »Dann ist ja alles klar.«

Die nächsten Tage vergehen wie im Fluge. Mit vereinten Kräften bringen sie Veras Wohnung auf Vordermann. Sie kaufen ein und überlegen, was sie ihrem Besuch von Bremen zeigen können. Da gibt es ja eine Menge, denn die alte Hansestadt hat viel zu bieten.

Endlich ist der Sonnabendnachmittag da. Mutter und Tochter fallen sich in die Arme, während Fred schon gründlich von Bruno beäugt wird. Vera schaut ihre Mutter und Bruno mit strahlenden Augen an, und wie es ihre Art ist, erklärt sie ihnen ohne Umschweife: »Ich möchte euch Fred Berger vorstellen. Wir haben uns vor einiger Zeit kennengelernt und wollen zusammenbleiben.« Sie macht eine einladende Geste. »Nun kommt aber erst mal rein in die gute Stube.«

»Das hast du aber toll eingerichtet, Vera, sehr gemütlich.« Ihre Mutter schaut sich begeistert um.

»Ich habe ja auch richtig Glück gehabt mit Frau

Andersen. Ohne sie hätte ich diese Wohnung gar nicht, geschweige den Salon. Sie hat mir in allem freie Hand gelassen, sodass ich mich richtig austoben konnte.«

»Herzlichen Glückwunsch zu Ihrer Tochter, Frau Sievers. Sie ist eine prachtvolle Person.« Fred fühlt sich in der kleinen Gesellschaft wohl und möchte sich unbedingt mitteilen. »Und was Sie angeht, Bruno, ich weiß, wie sehr Sie an Ihrer Schwester hängen. Ich werde sie Ihnen bestimmt nicht wegnehmen. Ich bin ein Familienmensch und froh, wenn alle sich gut verstehen.« Fred hat Maria Sievers und ihren Sohn in seiner ruhigen, unaufgeregten Art schnell für sich eingenommen.

Jetzt haben sie die Gelegenheit, sich ein wenig näher kennenzulernen. Nur schade, dass Hans, das Familienoberhaupt, nicht dabei ist.

»Mama, wenn du willst, können wir uns zuerst meinen Salon anschauen. Vielleicht hast du ja eine Idee, was man noch verändern könnte.«

»Ach, Vera, so wie ich dich kenne, wirst du schon alles gut eingerichtet haben, aber das möchte ich mir natürlich sehr gern mit eigenen Augen ansehen.«

So beginnen sie ihren Rundgang mit der Besichtigung ihres Salons, um dann weiter einen Bummel durch die nicht weit entfernte Altstadt zu machen.

*

»Ach, wie schade, die Tage sind so schnell vergangen.« Vera drückt ihre Mutter und Bruno noch mal, bevor sie ins Auto steigen. »Kommt gut heim und grüßt Papa von mir. Es war so schön, euch hier zu haben.«

So geht dieses Wochenende schneller vorbei als gedacht.

Bruno ist für seine Verhältnisse noch ruhiger als sonst, als sie wieder im Auto auf dem Heimweg sind, und seine Mutter überlegt, was in seinem Kopf vorgehen mag. Sie für ihren Teil ist jedenfalls sehr angetan von Veras Freund, beeindruckt von seinem Aussehen und guten Benehmen. Und wie es mit Müttern so ist, kann sie nicht ruhig sein.

»Bruno, nun sag doch mal was! Wie findest du Fred denn? Meinst du, er passt zu unserer Vera?«

Er brummelt nur vor sich hin, denn er ist sich nicht so sicher, dass seine Schwester mit diesem Mann glücklich wird. Fred hat, wenn er sich unbeobachtet fühlt, so einen merkwürdigen Ausdruck im Gesicht. Man kann zwar nicht behaupten, dass Bruno große Menschenkenntnis hat, aber seine gute Beobachtungsgabe, die wahrscheinlich mit seinem Beruf zusammenhängt, hat ihn noch nie getäuscht. »Mama, ich will ja nicht unken, aber ich habe so ein komisches Gefühl. Ich traue dem Burschen nicht. Alles zu glatt, zu freundlich, einfach zu schön, um wahr zu sein.«

»Ach, Bruno, meinst du das wirklich oder bist du nur eifersüchtig?«

»Nee, nee, ich gönne Vera wirklich nur das Beste, das weißt du doch. Aber wenn der meinen Paradiesvogel unglücklich macht, dann kann er was erleben.« Er ballt in Gedanken seine Faust.

Maria ist nicht mehr ganz so zuversichtlich, denn Bruno hat meistens recht. Doch diesmal hat er den als merkwürdig empfundenen Gesichtsausdruck mit dieser heimlichen Trauer, die Fred nie ganz verlassen wird, verwechselt.

Und so fahren sie erst mal eine ganze Zeit in Gedanken versunken dahin.

Zu Hause angekommen, werden sie von Hans Sievers schon erwartet. Ganz gegen seine sonstige Wortlosigkeit ist er sehr gesprächig und neugierig. »Wie war es bei Vera? Wie ist sie eingerichtet? Was ist mit ihrem Salon?«

»Papa, nächstes Mal kommst du einfach mit, dann kannst du dir alles selbst ansehen. Aber du willst doch bestimmt wissen, wie es ihr geht? Da kann ich dich beruhigen, deiner Tochter geht es blendend.«

Ohne Mitleid

Zehn Jahre sind nach dem Mord an der jungen Marie im Kuhstall vergangen. Die Tat ist ungesühnt und der Täter läuft immer noch frei herum, obwohl in ganz Deutschland nach ihm gefahndet wurde. Ewald Kordes ist stolz darauf, dass er alle an der Nase herumführt. Da er sein Äußeres ständig verändert, ist er nicht wiederzuerkennen. Die ehemals schwarzen Haare sind mal hellbraun, mal blond, ein Bart verdeckt seinen zynischen Mund und die stechend schwarzen Augen versteckt er, wann immer es geht, hinter einer dunklen Sonnenbrille.

Die fünfzehn Jahre alte Marie ist nicht das erste und leider auch nicht das letzte Opfer, denn der schlechte Mensch kann seinen Trieb nicht unterdrücken.

Es gibt immer wieder arglose junge Frauen im Land, die von diesem Sadisten bestialisch vergewaltigt worden sind.

Nach jeder Tat verlässt er ohne Mitleid für sein Opfer fluchtartig den Ort des Verbrechens. So ist Ewald Kordes weit herumgekommen in Deutschland. Immer auf der Flucht, immer auf der Hut, nirgends zu Hause. Doch hin und wieder spürt er sein Alter und wünscht sich einen Ort, an dem er sich zur Ruhe setzen kann.

Auch wenn er glaubt, über seine üblen Verbrechen sei Gras gewachsen, so spielt manchmal der Zufall eine Rolle. Genauso wie vor zehn Jahren, als er in Schönsee an der Ostsee die schöne Alwara zufällig wiedergesehen hat. Weil sie ihn erkannt hat, musste sie sterben.

Geschickt, wie er es angestellt hat, ist ihm bis jetzt noch niemand auf die Schliche gekommen. Nach der Tat hat er sich verhalten wie immer. Er ist einfach weitergezogen.

In seiner Selbstherrlichkeit hat er nicht bemerkt, dass die Häscher ihm schon auf der Spur sind. Noch ist ihm nicht bewusst, in letzter Zeit einige Fehler gemacht zu haben.

Kommissar Gerhard Hollmer in Kiel hat mehrere Fälle von Vergewaltigung auf seinem Tisch. Die Tatverläufe ähneln sich so sehr, dass man davon ausgehen kann, dass ein Serientäter dafür verantwortlich ist.

Die letzte Tat ist in seinem Bezirk in der Nähe von Kiel geschehen. Die überlebenden traumatisierten Opfer berichten, wenn sie dazu überhaupt in der Lage sind, von einem nicht sehr großen, aber sehr starken Mann, der sie nach den Qualen immer mit einem letzten Satz verhöhnt. »Das hat dir doch auch Spaß gemacht, was?« Und noch etwas ist dem Kommissar aufgefallen. Kaugummipapier. Nicht einfach zusammengeknüllt und fallen gelassen, sondern sorgfältig gefaltet. Immer in der Nähe des Opfers.

Die Frauen weisen eine gewisse Ähnlichkeit auf. Sie sind sehr jung, schlank und fast immer blond.

Gerhard Hollmer steht in seinem Büro vor einer Deutschlandkarte und verfolgt den Weg über die Tatorte und die Daten. So kann er genau erkennen, wie der Täter im Zickzack weitergezogen ist. Vom Süden bis in den Norden. Angefangen mit dem Mord an der armen Marie, die ja auch vergewaltigt wurde. Der Kommissar, der schon oft in die Abgründe menschlicher Seelen geschaut hat, verflucht diesen Sadisten. Er wünscht sich nichts mehr, als diesem Verbrecher das Handwerk zu legen. Schon viel zu lange hat er sein Unwesen getrieben.

Künstlerleben

Jonatan ist froh und dankbar, dass das Schicksal es so gut mit ihm meint. Nicht nur, dass Otto Jensen ihm die Kate vermacht hat, obwohl er nicht wissen konnte, was aus ihm geworden ist, sondern vor allem, dass Anette in sein Leben getreten ist.

Er hat die beste Frau an seiner Seite, die selbstbewusst ihr Leben meistert, auch wenn die Familie und die Leute reden. Ohne Trauschein gehört man auf dem Dorf doch eher zu den Außenseitern. Das stört die beiden aber überhaupt nicht. Anette arbeitet noch immer in der Spedition in Oldenburg, wodurch sie ein regelmäßiges Einkommen hat.

Inzwischen hat Jonatan angefangen, seine künstlerischen Ideen umzusetzen. Nach der Fertigstellung seiner Werkstatt am Haus ist er voller Energie dabei, aus den Rohlingen, die nach einiger Zeit endlich eingetroffen sind, außergewöhnliche Figuren zu schaffen. Es setzt sich fort, was in Bayern bei Xaver Roimann seinen Anfang nahm. Talentiert macht er aus allem, auch hin und wieder aus Treibholz, die schönsten Gegenstände. Er ist in seinem Element, wenn er in seiner Werkstatt arbeiten kann.

In der Hoffnung, die Unikate auch zu verkaufen,

gibt es einen Ausstellungsraum, der von außen eingesehen werden kann. Die großen Fensterscheiben erlauben es hineinzuschauen, dabei sind auch Intarsien zu bewundern, teils an Bildern, aber auch an Kunsttischlereien. Kleine Schränke und Beistelltische, die der Künstler nach und nach geschaffen hat, bereichern den Raum. Nun fehlen nur noch Kunden, die sich solche Dinge auch leisten können.

Wenn im Sommer der Strand von sonnenhungrigen Urlaubern überfüllt ist, geht es in seiner Werkstatt eher ruhiger zu. Ab und zu bleibt mal ein Gast stehen und bewundert seine Arbeiten, aber die Hoffnung, damit ein Auskommen zu schaffen und davon leben zu können, erfüllt sich erst mal nicht. Anfangs denkt Jonatan noch nicht weiter darüber nach, doch je öfter Anette fragt: »Na, hast du heute schon ein Geschäft gemacht?« und er mit »Nein« antworten muss, kommt er ins Grübeln! Denn von irgendetwas muss der Mensch ja existieren. Es gefällt ihm absolut nicht, von Anette unterhalten zu werden.

»Hör mal, ich finde es nicht in Ordnung, dass du mit deinem Geld unseren ganzen Haushalt finanzierst und ich nichts dazu beitragen kann.«

»Ach, Jonatan, darüber musst du dir doch keine Gedanken machen. Wir leben erst mal von meinem Geld und wenn du dir einen Namen als Künstler gemacht hast, wirst du deine schönen Sachen auch verkaufen, dann kannst du ja immer noch für uns aufkommen.«

»Womit habe ich bloß so eine wunderbare Frau verdient, die so viel Verständnis für mich aufbringt?«

»Es ist alles ganz einfach. Ich habe den besten Mann bekommen, den ich über alles liebe. Warum sollen wir groß Unterschiede machen, von welchem Geld wir leben?«

Er nimmt sie in den Arm und küsst sie zärtlich auf den Mund.

Noch hat er ihr nicht verraten, dass er kurz davor ist, einen Vertrag mit einer Galerie in Neumünster abzuschließen, die seine Werke ausstellen will. Er hofft, dadurch bekannter zu werden.

Hier am Strand ist es doch zu abgeschieden, um Geschäfte zu machen. Da kann nur der Zufall mitspielen, so wie neulich, als eine ältere Dame in seinem Schaufenster eine kleine Figur aus Treibholz entdeckt hat, die sie unbedingt haben musste. Sie hat Jonatan ihren Namen nicht genannt, und selbst wenn, hätte er nicht wissen können, dass sie eine wohlhabende Person ist, die mit ihrem Vermögen junge Künstler fördert. Und das, was sie bei ihm in der Werkstatt entdeckt hat, konnte sie nur begeistern. Die kleine Figur ist ein Beispiel für sein Können.

Gunda Schrader, die Witwe eines reichen Industriellen, die vor etlichen Jahren Kunst studiert, aber ihren Beruf nie ausgeführt hat, fördert nun junge Talente.

Bei einem herrlichen Strandspaziergang in

Schönsee hat sie nun zufällig die Kate entdeckt und blieb begeistert vor dem Schaufenster stehen. Sie fragte sich, ob der junge Mann, den sie in seiner Werkstatt arbeiten sah, von der Kunst leben konnte. In dieser Einsamkeit wahrscheinlich nicht, und außerdem hat sie von einem Jonatan Endrokat noch nichts gehört. So fragte sie ihn ein bisschen aus. »Herr Endrokat, wie sind Sie denn hier in Schönsee gelandet? Sind Sie hier geboren?«

»Das ist eine längere Geschichte. Ich bin nach dem Krieg als kleines Kind mit meiner Mutter hier gelandet. Diese Fischerkate habe ich von meinem väterlichen Freund geerbt. Nachdem ich mich in ganz Deutschland herumgetrieben habe und bei einem Lehrherrn in Bayern gelandet bin, habe ich Kunsttischler gelernt. Die Kate habe ich renoviert und die Werkstatt gebaut. Nun warte ich auf Kunden.«

»Die sind in dieser Gegend wahrscheinlich rar, nicht wahr?«

»Ja, da haben Sie vollkommen recht, wenn meine Frau nicht arbeiten würde, könnten wir hier nicht leben.« Jonatan war sich nicht sicher, wieso er dieser fremden Person solche persönlichen Sachen von sich preisgab. Vielleicht war es ihre mütterliche Ausstrahlung oder ihre Sachkenntnis, die sie durchscheinen ließ. Auf jeden Fall tat es gut, mal mit jemandem zu reden, der auch noch wusste, worum es ging.

Sie nahm ihre Figur und verabschiedete sich. »Vielleicht sieht man sich mal wieder.«

»Das würde mich sehr freuen.«

Jonatan steckte die vierzig Mark in die Tasche seines Arbeitsanzugs und schmunzelte. Das erste verdiente Geld!

Große Schwester

Linda ist inzwischen schon eine kleine Berühmt-
heit in Hamburg. Die Mode, die sie entwirft und
schneidert, wird ihr aus den Händen gerissen. Das
kleine Unternehmen ist schon wieder gewachsen,
sodass Marlene anregt: »Wir müssen unbedingt
eine größere Werkstatt mieten, wir platzen hier
aus allen Nähten. Meinst du nicht auch, Linda?«

»Ich bin zwar deiner Meinung, aber wo findet
man so etwas in dieser Stadt? Ich denke, es sollte
nicht zu abgelegen sein, damit auch alle unsere
fleißigen Helferinnen gut hinkommen können.
Ich rede mal mit Theo, vielleicht weiß er einen
Rat.«

»Linda, du bist ja heute schon so früh zu Hause.
Das ist wunderbar, dann können wir schön essen
gehen, haben wir lange nicht gemacht.«

»Hm, ich glaube, du hast etwas vergessen.«

Verdutzt schaut er sie an. »Was meinst du?«

»Mann, ich vermisse die Umarmung.«

Das lässt er sich nicht zweimal sagen, nimmt
sie auf den Arm und dreht sich mit ihr im Kreis.
Lachend geben sie sich einen herzhaften Kuss.

In dem kleinen Speiselokal um die Ecke lassen sie sich das leckere Menü schmecken. Dabei nimmt Linda die Gelegenheit wahr, mit Theo über ihr neuestes Problem zu sprechen. Da er als Versicherungsagent überall und nirgends ein und aus geht, hat er bestimmt eine Idee.

»Ich werde mal schauen, ob ich etwas Passendes für euch finde.«

Linda ist froh, so einen rührigen Ehemann zu haben. Sie ist tatsächlich die erste der drei Freundinnen, die geheiratet hat, obwohl es anfangs gar nicht danach aussah.

Es ist Mai, und zeitlich hat es nur für eine standesamtliche Trauung gereicht, denn Linda steckt mitten in der Arbeit für die Herbst- und Winterkollektion. Zu ihrer großen Freude sind alle ihre Lieblingsmenschen dabei. Zuallererst ihre Mutter Karla, die nicht mehr die Jüngste ist, ihre Schwester Frieda, nicht zu vergessen Anette und Vera, diesmal mit Jonatan und Fred, sowie Marlene und ihre Gesellin. Bei Theo ist die Liste seiner Gäste nicht ganz so lang. Zwei gute Freunde mit ihren Frauen haben es sich nicht nehmen lassen, mit ihnen zu feiern.

Mehr als ein Wochenende auf Sylt für die Hochzeitsreise konnte Linda nicht einplanen. Doch die zwei Tage absolute Ruhe auf der Insel haben ihnen sehr gutgetan. Zeit für die Liebe, die urige Landschaft, das gute Essen und die frische Seeluft tun ihr Übriges. Erholt geht es am Montag wieder an die Arbeit.

Frieda ist einige Jahre älter als Linda. In der Kindheit war sie als große Schwester immer so etwas wie ihre Aufpasserin. Wie oft hat es sie geärgert, wenn Frieda sie wieder einmal bei ihrer Mutter verpetzt hat, weil sie mit Heinz, ihrem großen Freund, im Viehstall oder auf der Koppel war, obwohl ihre Mutter das streng verboten hat. Auch wenn sie mit Anette und Vera irgendwelchen Blödsinn verzapft hat, war Frieda sehr schnell dabei, sie zu verraten. Vielleicht lag es auch daran, dass sie nicht zu ihnen gehörte. Nun, inzwischen sind sie alle erwachsen und Lindas Verhältnis zu ihrer Schwester hat sich um hundertachtzig Grad gedreht. Heute können sie darüber lachen, was sie als Kinder ausgeheckt haben.

Bei ihrer Hochzeit ist Linda aufgefallen, wie dünn Frieda geworden ist, und sie macht sich ernsthaft Sorgen um sie.

Als ihre Mutter einige Wochen später am Telefon weint, ahnt Linda gleich, dass es um ihre Schwester geht. »Mama, was ist bei euch los? Was ist mit Frieda, ist sie krank? Sie sah schon bei unserer Hochzeit so blass aus.«

»Ach, mein Kind, ich weiß, du hast so viel zu tun, aber könntest du nicht mal kommen? Ich glaube, deine Schwester würde sich sehr freuen.«

»Mama, nun sag doch schon, was mit ihr ist!«

Ihre Mutter zögert mit der Antwort, weil sie es selbst noch nicht recht glauben kann. »Die Ärzte, die sie wegen Verdacht auf Blinddarmentzündung operiert haben, sind dabei auf mehrere Tumore gestoßen, die mit dem Blinddarm nicht in Verbindung gebracht werden können. Weitere Untersuchungen haben dann Unterleibskrebs im letzten Stadium ergeben. Sie können ihr nicht mehr helfen.«

Nun weint auch Linda. »Mama, ich komme sofort.«

*

»Theo, kannst du mit mir nach Schönsee fahren? Frieda ist schwer erkrankt. Sie hat Krebs.«

»Ach, Liebes, das tut mir unendlich leid.« Er nimmt sie in den Arm, um sie zu trösten. »Wann wollen wir fahren?«

»Gleich morgen früh. Ich muss nur noch mit Marlene abstimmen, wie es in der Nähstube ohne mich weitergeht.«

Für Theo als freier Mitarbeiter einer Versicherung ist es ohne Weiteres möglich, mal einen oder zwei Tage Auszeit zu nehmen.

Mit Marlene ist schnell besprochen, was unbedingt fertig werden muss. Auch sie ist erschrocken über die traurige Nachricht. »Grüß deine Schwester lieb von mir.« Im gleichen Moment fragt sie sich, ob man in diesem Fall gute Besserung wünschen kann. Wohl eher nicht.

In Schönsee werden sie schon in Bessens kleiner Einliegerwohnung, in der Karla und Frieda immer noch wohnen, erwartet. Theo umarmt seine Schwiegermutter. »Es tut mir leid, dass Frieda so krank ist.«

Auch Linda drückt ihre Mutter, die schon wieder weinen muss. »Ach, Mama, was für ein Schlamassel. Die liebe Frieda. Warum gerade sie?«

»Ich weiß es nicht. Das Schicksal ist nicht gerecht. Aber komm mal mit, sie wartet schon auf dich.«

Linda ist erschrocken, als sie ihre Schwester erblickt. Sie ist schon so geschwächt, dass sie nicht mehr aufstehen kann. Das Gesicht ist so weiß wie ihre Bettdecke, ihr Lächeln verzagt und bemüht um Zuversicht, als sie versucht, sich aufzurichten.

»Ach, Frieda, bleib doch liegen und ruh dich aus, du musst nicht die Starke sein. Das warst du früher oft genug für mich. Meine große starke Schwester. Aber wenn die Kraft fehlt, darf man auch mal schwach sein.« Sie umarmt Frieda, wobei sie ihren abgemagerten Körper spürt.

»Es ist so schön, dass du gekommen bist, Linda.« Und jetzt laufen ihr die Tränen die Wangen hinunter. »Ich wäre so gern noch bei euch geblieben, aber ich kann einfach nicht mehr.«

Linda hält ihre Hand. »Ich bin hier und bleib bei dir, Frieda. Versprochen!«

Ein Haus für Linda

Frieda ist im Beisein ihrer Schwester und Mutter friedlich eingeschlafen. Wie versprochen ist Linda bis zum Schluss bei ihr geblieben. Sie haben dabei eine Nähe gespürt, so intensiv wie noch nie in ihrem Leben.

Familie Bessen, bei denen Karla, Frieda und Linda nach dem Krieg untergekommen sind und seitdem praktisch zur Familie gehören, kümmert sich rührend um sie. Anette ist immer zur Stelle, wenn Linda sie braucht. Auch sie besucht Frieda bis zum Schluss, obwohl sie es kaum ertragen kann, sie so elend zu sehen. Andere Leute aus ihrem Umfeld sind ebenfalls sehr betroffen, denn sie kennen sich alle gut in diesem kleinen Ort.

Nachdem sie Frieda zu Grabe getragen haben, lässt Linda ihre Mutter schweren Herzens allein und fährt nach Hamburg zurück. Zu vieles ist schon versäumt worden, obwohl Marlene und ihre Mitarbeiterinnen so gut wie möglich gearbeitet haben.

Sie sind alle froh über Lindas Rückkehr, wenn auch die Stimmung etwas gedämpft ist. Doch die Arbeit lenkt Linda ab, und Arbeit gibt es genug. Theo hält wie immer zu Hause die Stellung

und fängt sie auf, wenn die Trauer sie zu über-
mannen droht. Seit sie verheiratet sind, ist die Verantwortung füreinander noch größer und selbst-
verständlicher geworden.

Theo hat wie versprochen seine Fühler aus-
gestreckt, um für die fleißigen Näherinnen größere
Räumlichkeiten zu finden. Tatsächlich ist ihm ein
leer stehendes Firmengebäude aufgefallen, das für
Lindas Zweck geeignet sein könnte. Es ist in einem
guten Zustand und seine Recherchen haben ergeben,
dass dieses Haus zum Verkauf angeboten wird.

»Linda, wir müssen heute Abend noch mal weg.
Ich möchte dir unbedingt etwas zeigen!« Theo
empfängt seine Frau ein bisschen aufgeregt, als
sie von der Arbeit zu Hause erscheint. »Am besten
lässt du deine Jacke gleich an.«

»Fahren wir mit dem Auto?«

»Nee, da können wir zu Fuß hingehen.«

Ein paar Straßen weiter haben sie ihr Ziel erreicht
und Linda ist gespannt, was auf sie zukommt. Der
Makler, mit dem Theo sich verabredet hat, erwartet
sie schon.

Langsam ahnt Linda, was ihr Mann vorhat. Dieses Haus scheint wirklich in einem guten Zustand
zu sein. Die Räume, unterschiedlich groß, ließen
sich sehr gut für ihre Zwecke nutzen. Zwar wären
ein paar Umbauten nötig, aber sie hätten dann
endlich genug Platz für die Schneiderei und sogar
Räume für eine Ausstellung und vieles mehr. »Ich
bin begeistert. Wann können wir loslegen?«

»Jetzt müssen wir erst mal in Ruhe überlegen, wie wir das Finanzielle erledigen können, und dann sehen wir weiter.« Theo ist ganz Geschäftsmann.

»Morgen werde ich mit Marlene herkommen. Sie muss sich das Haus unbedingt ansehen. Wenn sie auch damit einverstanden ist, können wir alles abwickeln.«

Wie Linda erwartet hat, ist Marlene von der Aussicht, genug Platz für alles zu haben, genauso angetan wie sie selbst. Und so ist jetzt nur noch das Schriftliche und Finanzielle zu regeln. Dafür haben sie einen Fachmann, nämlich Theo Harder.

Bevor sie in das neue Geschäftshaus ziehen können, vergehen noch ein paar Monate. Aber wie die Räume eingerichtet und genutzt werden sollen, ist schon längst besprochen. Endlich haben sie den Platz, den sie brauchen, und Linda und Marlene können es kaum erwarten loszulegen.

Der Kommissar

Die Arbeitszeiten eines Kommissars können sehr unterschiedlich ausfallen. Manchmal wird er in einem dringenden Fall mitten in der Nacht aus dem Bett geklingelt, oder er wird von seiner Mittagspause oder seinem wohlverdienten Feierabend abgehalten. Und selbst aus dem Urlaub hat man ihn schon an den Schreibtisch geholt.

Einen geregelten Arbeitsablauf gibt es für Gerhard Hollmer und seine Mitarbeiter bei der Kripo nicht. Auch zu Hause während seiner Freizeit gehen ihm die Fälle, die er gerade bearbeitet, nicht aus dem Kopf. Wenn er sich auch vornimmt, mehr für seine Familie da zu sein, ist er im Grunde nie richtig dabei. Die erwachsene Tochter ist schon lange ausgezogen und führt ein eigenständiges Leben in Hamburg. Obwohl sie den Beruf des Vaters immer abgelehnt hat, ist sie erstaunlicherweise auch zur Kripo gegangen. Vielleicht versteht sie jetzt besser, weshalb ihr Vater wenig Zeit für das Familienleben hatte. Das ist wohl auch der Grund, weshalb seine Ehe nicht gehalten und seine Frau ihn eines Tages Hals über Kopf verlassen hat. Er fragte sich, warum er nicht rechtzeitig merkte, wie die Liebe, die sie ja mal füreinander empfanden, einfach entschwunden ist. Wahrscheinlich hätte es auch nichts genützt. Die erste Zeit vermisst er sie sehr, besonders wenn er in seine kalte, jetzt lieblose Unterkunft kommt. Wie er selbst sieht auch seine Wohnung etwas verwahrlost aus, was ihn aber nicht daran hindert, verbissen seiner Arbeit nachzugehen. Ganz im Gegenteil, jetzt, da niemand mehr auf ihn wartet, kann er sich seiner Sache noch ausgiebiger hingeben.

Kommissar Hollmer hat in seinem Leben schon viele Verbrechen gesehen. Aber selbst nach so vielen Jahren in diesem Beruf ist er nicht abgestumpft und fühlt mit den Opfern. Er ist verdammt noch mal nicht bereit, diese schlimmen Untaten auf sich beruhen zu lassen, und geht jedem kleinen Detail nach.

Besonders der letzte Fall bereitet ihm einiges Kopfzerbrechen. In der Nähe von Kiel ist eine junge Frau brutal vergewaltigt worden. Er hat herausgefunden, dass die Tat den etlichen anderen Verbrechen gleicht, die eine Spur durch die ganze Republik ziehen und die er bereits unter die Lupe genommen hat. Deshalb geht er davon aus, dass es sich um ein und denselben Täter handelt, der jetzt, wie es scheint, in Schleswig-Holstein gelandet ist.

Den Tatort, eine verlassene Scheune in einem kleinen Dorf am See, haben seine Kollegen und er eingehend inspiziert. Sie haben eindeutige Spuren gefunden, die Hollmer in seinem Büro mit den Spuren in den anderen Fällen vergleicht. Auch diesmal haben sie Kaugummipapier entdeckt, sorgfältig zusammengefaltet, wie bei fast allen anderen Tatorten.

Die Opfer berichten immer von einem kräftigen, nicht mehr ganz jungen Mann, der sie in einem arglosen Moment von den Füßen reißt und sich auf sie stürzt. Wehren ist zwecklos, sie lassen die Tortur über sich ergehen. Alle sprechen von dem zynischen Satz am Ende: »Das hat dir doch auch Spaß gemacht, was?« Einige können sich auch an das Knistern von Papier erinnern.

Diesmal ist das Opfer Frauke Hansen, eine junge blonde Frau, die schwer verletzt in ein Krankenhaus eingeliefert wird und erst nach ein paar Tagen vernehmungsfähig ist. Hollmer ist erschüttert, als er ihr zerschlagenes Gesicht sieht, wobei er die inneren Verletzungen nur erahnen kann. »Fräulein Hansen, es tut mir leid, aber ich habe noch ein paar Fragen an Sie. Können Sie mir den Ablauf schildern? Woher Sie gekommen sind und wohin Sie wollten? Alles, was Ihnen einfällt, ist wichtig.«

Frauke hat Mühe zu sprechen, aber sie will so gut es geht ihren Beitrag leisten.

»In der Dämmerung, auf dem Weg von meiner Freundin nach Hause, springt mir bei der alten Scheune plötzlich ein Mann vors Rad.« Sie versucht, die Tränen zurückzuhalten. »Ich kann mein Gleichgewicht nicht halten und stürze zu Boden. Er reißt mich an den Haaren hoch, hält mir den Mund zu und schleppt mich in die Scheune. Er stößt mich zu Boden und wirft sich auf mich und dringt in mich ein. Die ganze Zeit schlägt er zu. Ich hatte solche Angst.« Jetzt laufen die Tränen über ihr geschundenes Gesicht.

»Können Sie den Mann beschreiben? Wie sah er aus und was hatte er an?«

»Ich weiß es nicht, es war ja fast dunkel. Er war kräftig, ich konnte mich nicht wehren.«

»War er jung oder eher alt?«

»Ich glaube, er war schon etwas älter. Seine Stimme ...« Sie schaudert. »Er hat gesagt: ›Das hat dir doch auch Spaß gemacht, was?‹«

Gerhard Hollmer hat Mitleid mit ihr, aber er hat den Willen, diesen Verbrecher zur Strecke zu bringen, deshalb hakt er noch mal nach. »Wie kommen Sie darauf, dass er eher älter war? War er nicht so beweglich, hat gehumpelt oder hatte keine Haare mehr auf dem Kopf?«

»Nein, das nicht, aber seine Stimme klang so alt.«

»Für heute reicht es. Vielleicht fällt Ihnen noch etwas ein. Ich komme in den nächsten Tagen noch einmal vorbei. Ich wünsche Ihnen alles Gute.«

Die Befragung hat Frauke sehr mitgenommen. Noch einmal über alles nachzudenken, hat einen tiefen Ekel in ihr ausgelöst, den sie wahrscheinlich ihr Leben lang nicht mehr loswird. Doch sie will unbedingt, dass diesem Verbrecher das Handwerk gelegt wird. Deshalb zermartert sie ihr Gehirn. In Gedanken fährt sie noch mal den Weg von ihrer Freundin bis zur Scheune ab. Es fängt an zu dämmern, aber noch ist alles ohne Licht am Rad zu erkennen. Die letzte Kurve vor der Scheune ist genommen, als sie eine Gestalt erblickt. Sie ist arglos und fährt etwas langsamer. Der Mann ist nicht sehr groß und macht einen schmächtigen Eindruck. Wie konnte sie sich bloß so täuschen lassen? Er stellt sich ihr in den Weg und reißt sie vom Rad. Ganz kurz kann sie kalte, schwarze Augen in einem schon lustvoll verzerrten Gesicht sehen, bevor er sie an den Haaren in die Scheune schleift. Es kann also doch noch nicht ganz so dunkel gewesen sein, wie sie es dem Kommissar dargestellt hat. Aber sosehr sie sich auch den Kopf zermartert, ihr fällt absolut nichts mehr ein.

Drei Freundinnen

Es ist mal wieder Zeit, sich zu treffen. Linda, Vera und Anette freuen sich auf ein Wiedersehen. Der Treffpunkt ist das übliche Hotel an der Ostsee und die Organisation übernimmt wie jedes Jahr Anette. Und wie immer ist es sehr schwierig, die drei unter einen Hut zu bekommen. Doch letztendlich klappt es. Inzwischen sind die auffallend hübschen Damen bekannt in dem Hotel, denn sie gehören längst zu den Stammgästen.

Dass sie im Mittelpunkt stehen, genießen sie sehr, doch das Wichtigste ist für sie immer noch das Gespräch und das Gefühl der Zusammengehörigkeit. Gerade wenn man sich lange nicht gesehen hat, gibt es einiges zu bequatschen.

»Erzähl doch mal, was in deiner Modefirma los ist, Linda. Hast du immer noch so viel zu tun?«

»Ja, die Arbeit wird immer umfangreicher. Wenn wir auch genügend Mitarbeiterinnen haben und neuerdings sogar einen talentierten jungen Mann, brennt uns die Zeit unter den Nägeln. Ich bin nur froh, dass wir jetzt so viel Platz in unserem neuen Gebäude haben. Da macht das Arbeiten noch viel mehr Spaß. Wir haben den Plan, einen großen Raum für eine Ausstellung zu nutzen, sodass die

Interessenten gleich vor Ort einen Eindruck von den Modellen bekommen, die ich entwerfe.«

»Ich hab gehört, dass Theo das Haus entdeckt hat.«

»Ja, Theo hat mal wieder alles geregelt. Ich wüsste nicht, was ich ohne ihn machen sollte. Er ist ein toller Organisator.«

Anette will unbedingt wissen, wie es mit Vera und Fred läuft. »Wir verstehen uns sehr gut«, erzählt Vera, »und sind auch ziemlich verliebt, aber wir wohnen immer noch nicht zusammen. Er in seiner Wohnung, ich in meiner. Wie lange das noch gut geht, weiß ich auch nicht.«

»Und was ist mit deinem Friseursalon?«

»Das ist ein Selbstläufer. Direkt am Hauptbahnhof ist neben der Dauerkundschaft ordentlich was los. Aber für mich als Chefin ist nach Feierabend natürlich noch nicht Schluss, denn die Buchführung und das Ordern der Arbeitsmittel und so weiter bleiben an mir hängen, da ist es vielleicht gar nicht so schlecht, wenn ich noch allein wohne.« Vera lacht. »Nun zu dir, Anette. Was macht Jonatan? Verkauft sich seine Kunst oder lebt ihr noch immer von deinem Verdienst?« Zwischen den drei Frauen ist es kein Geheimnis, dass Anette für den Haushalt aufkommt.

»Na ja, inzwischen sind seine Sachen schon etwas bekannter und hin und wieder verkauft er auch mal ein Stück. Eine ältere kunstinteressierte Dame unterstützt ihn seit einiger Zeit. Seitdem läuft es etwas besser. Jonatan ist gar nicht zufrieden damit, dass ich das meiste zu unseren Ausgaben beisteuere.«

So geht es immer hin und her. Im Nu ist es weit nach Mitternacht und Zeit, ins Bett zu gehen.

*

Am nächsten Tag gehen sie ihre eigenen Wege. Linda besucht ihre Mutter Karla, die seit Friedas Tod ein wenig einsam ist. Wenn auch die Familie Bessen und besonders Anette sich rührend um sie kümmern, ist sie oft traurig und niedergeschlagen. »Linda, wie schön, dass du da bist. Du siehst zauberhaft aus! Hast du das Kleid auch selbst entworfen?«

»Ja, Mama, wenn du willst, werde ich dir auch ein schönes Kleid machen. Wir nehmen gleich mal Maß.« Ihre Mutter wehrt ab, aber Linda lässt sich nicht aufhalten. Sie misst, schreibt Zahlen auf einen Zettel und ist vollkommen in ihrem Element.

Karla schweift mit ihren Gedanken ab, denn immer, wenn sie ihre jüngste Tochter sieht, steht ein anderes Gesicht vor ihren Augen.

Es war Ende des Krieges, sie hatte gerade die Nachricht bekommen, dass ihr Mann in Frankreich gefallen war. Sie war nun wie so unendlich viele Frauen in Deutschland Witwe und musste ihr

Leben allein stemmen. Das änderte sich an dem Tag, als ein fremder Mann auf ihrem Hof stand. Sie sprach ihn ein wenig unwirsch an. »Hallo, was machen Sie hier?« Er betrachtete sie nachdenklich aus dunklen Augen, zeigte auf sich und sagte in gebrochenem Deutsch: »Ich Morten und ich aus Lettland, ich arbeiten.« Er sah so jung und hungrig aus, dass sie es nicht fertigbrachte, ihn wegzuschicken.

Er arbeitete hart und sie ließ es geschehen, weil sie sich mehr um die kleine Frieda kümmern konnte. Nach Feierabend, wenn er sich auf dem Hof an der Pumpe wusch, schaute sie heimlich auf seinen muskulösen Oberkörper, und wenn er sich nach dem Abendbrot auf die Bank vor dem Haus setzte und seine Mundharmonika aus der Tasche holte und spielte, konnte sie nicht anders, als sich zu ihm zu setzen. Er legte den Arm um sie und Karla war selig. Die Nächte, in denen sie sich liebten, waren aufregend und befriedigend. So etwas hatte sie vorher noch nicht erlebt und sie bereute es keine Sekunde, sich mit Morten eingelassen zu haben.

Die ganze Welt flog ihnen um die Ohren, aber sie waren glücklich.

Doch die schlimmsten Tage ließen nicht lange auf sich warten. Die Russen kamen immer näher und Karla entschloss sich, wie die anderen Bewohner ihres Dorfes zu fliehen. Kurz vor dem Aufbruch war Morten verschwunden. Sie hatte keine Gelegenheit mehr, ihm zu sagen, dass sie schwanger war. Linda wurde in einem Auffanglager in Schleswig-Holstein geboren.

»Hallo, Mama, wo bist du mit deinen Gedanken? Ich bin fertig mit dem Messen.«

»Ach, Linda, ich habe gerade an unseren Hof in Ostpreußen gedacht. Es war so furchtbar, alles, was man geliebt hat, zurückzulassen.«

»Ja, ich kann mir vorstellen, dass es sehr schmerzhaft war, sein ganzes Leben stehen und liegen zu lassen. Ich möchte gar nicht daran denken, wenn das bei mir der Fall wäre.«

»Zum Glück haben wir jetzt andere Zeiten.« Ihre Mutter nimmt sie in den Arm. Sie ist froh, noch eine Tochter zu haben.

*

Bei Familie Sievers sieht auch nicht alles rosig aus, denn Veras Vater ist seit einiger Zeit sehr krank und ihre Mutter wird auch nicht jünger. So will auch sie auf jeden Fall auf den Hof fahren und schauen, was ihre Leute machen. Bruno fehlt ihr am meisten.

Die Vorfreude ist groß, doch in der Enge ihres alten Zuhauses wird ihr schnell bewusst, in welcher Freiheit sie jetzt lebt. Dennoch ist sie froh, alle wiederzusehen. Sie ist erschüttert, als sie ihren Vater erblickt, der nur noch ein Schatten seiner selbst ist. Die Krankheit hat ihn verändert. Er strahlt übers ganze Gesicht, als er seine Tochter erblickt, und drückt ihre Hände, als wollte er sie gar nicht mehr loslassen. So offen hat er sich ihr gegenüber noch nie verhalten. Vera ahnt, dass er sehr, sehr krank ist und nicht mehr lange zu leben hat. Daher ist sie froh, nach Hause gekommen zu sein.

Bruno frotzelt zwar wie immer, doch in seinen Augen sieht Vera eine leise Traurigkeit. Er ist ja auch immer auf sich allein gestellt, denn eine Vertrauensperson gibt es außer seiner Mutter nicht. Vera hätte ihm so sehr eine nette Frau und Kinder gewünscht. Er wäre bestimmt ein toller Vater geworden. Sie kann ja nicht ahnen, dass ihr Bruder seit Jahren unglücklich in eine Frau verliebt ist. Eine andere nur um der Ehe willen zu heiraten, kommt für ihn nicht infrage. Wenn die Geschwister auch sehr vertraut miteinander sind, so hat er Vera doch nie tief in sein Herz blicken lassen. Und die Frau, die er liebt, hat einen Mann und drei Kinder, die sie für ihn, selbst wenn sie von seiner Liebe wüsste, niemals verlassen würde. Bruno ist auch nicht der Mensch, der eine intakte Familie zerstören könnte.

»Es ist schön, Veralein, dass du uns besucht hast. Werdet ihr Freundinnen euch noch mal im Hotel treffen?«

»Ja, Mama, heute Abend noch mal, und morgen fahren wir wieder ab, nur Anette bleibt hier, wie du weißt.«

*

Minna Bessen ist gerade dabei, ihre Männer zu versorgen. Obwohl sie inzwischen nicht mehr die Jüngste ist, versucht sie noch immer, den großen Haushalt zu meistern. Ohne Hilfe geht das natürlich nicht und so hat sie ihre jungen Mädchen, die sie bei der Arbeit unterstützen. »Anette, das ist aber mal eine Überraschung, dich am Sonntag zu sehen. Ich freu mich.«

»Ich freu mich auch, Mama. Linda ist nebenan bei ihrer Mutter, und Vera ist auf dem Hof bei ihrer Familie. Da hab ich gedacht, ich schau doch auch mal, was hier so los ist.«

»Möchtest du was essen? Es ist genug da.« Anette muss lachen, denn ihre Mutter hat, solange sie denken kann, ständig ihre Mitmenschen mit Essen versorgt. »Och, de Lütt mutt doch noch'n beten eten, se is jo so dünn!« Solche Sachen fallen ihr oft ein, wenn sie mit ihr zusammen ist. »Der Kuchen sieht sehr lecker aus, davon möchte ich gern ein Stück probieren.« Und schon sitzen sie alle in der Küche am großen Tisch und lassen sich es gut gehen.

Morgenfrische

Um sechs Uhr klingelt der Wecker. Anette schaut lächelnd auf den schlafenden Jonatan und springt aus dem Bett. Sie geht ins Badezimmer, überprüft kurz ihr Aussehen, steckt ihr langes Haar auf und schnappt sich den alten Bademantel. Dann verlässt sie das Haus und läuft über die Dünen zum Strand. Die Seeluft ist klar und frisch. Es kündigt sich wieder ein schöner Sommertag an. Der Himmel zeigt noch einen rosa Hauch vom Sonnenaufgang und das Meer ist so ruhig, dass die Wasseroberfläche einem riesigen Spiegel gleicht. Nur wo ein paar Enten landen, kräuseln sich kleine Wellen. Noch befindet sich kein Mensch am Strand und Anette genießt in der Frühe die Einsamkeit und die Ruhe. Sie wirft den Bademantel in den Sand und geht ins Wasser. Nach anfänglicher Kälte empfindet sie mit jeder Pore, wie angenehm sich das Meerwasser an ihre Haut schmiegt. Mit ein paar kräftigen Zügen schwimmt sie weit hinaus, ohne nach unten zu sehen, denn die tiefe Schwärze unter ihr ist undurchdringlich und ein wenig unheimlich. Schnell macht sie sich auf den Rückweg. Je näher sie ans Ufer kommt, desto flacher wird das Wasser, und als sie sich aufrichten will, sieht sie eine Gestalt etwas verborgen in den Dünen.

Jonatan? Das kann ich mir nicht vorstellen, den kriegt man nicht vor neun aus dem Bett. Aber wer kann das sein? Anette ist es nicht geheuer und sie fragt sich, wie sie nackt aus dem Wasser kommen kann, ohne dass der Typ das mitbekommt. Langsam wird ihr kalt, und so stürmt sie ihre Scham bedeckend aus den Fluten. Schnell wirft sie sich den Bademantel über den Körper und läuft über die Dünen zur Kate, wobei sie einen raschen Blick auf den Fremden wagt. Sie nimmt eine verwahrloste Person wahr, und fragt sich, was dieser Mensch am frühen Morgen hier zu suchen hat?

Zu Hause schnell unter der Dusche das Salz heruntergespült, dann einen Blick in den Spiegel geworfen, der eine leicht gebräunte junge Frau zeigt, die zufrieden mit ihrem Aussehen die Haare richtet und kurz mit dem Stift über die Lippen fährt. Sie ist bereit für ihre täglichen Aufgaben.

Während Jonatan noch schläft, ist Anette schon auf dem Weg zur Arbeit. Sie machen sich gegenseitig keine Vorschriften, wie sie den Tag gestalten. Da Anette angestellt ist, muss sie natürlich ihre Arbeitszeiten einhalten, was ihr auch nicht schwerfällt, weil sie sowieso immer früh wach wird. Sie genießt es, sich morgens in das kühle Meer zu stürzen, um so erfrischt in den Tag zu starten. Jonatan dagegen schläft grundsätzlich aus, dafür widmet er sich seiner Kunst aber auch oft bis in den späten Abend, manchmal sogar bis in die Nacht.

Anette fährt wie immer mit ihrem alten VW Käfer zur Arbeit in die Spedition nach Oldenburg. Heute ist sie in Gedanken und überlegt, wer dieser Fremde in den Dünen gewesen sein kann. Er sah nicht gerade vertrauenerweckend aus, wie sie bei dem kurzen Blick auf ihn festgestellt hat. Sie muss unbedingt mit Jonatan reden, vielleicht hat er eine Ahnung, wer das sein kann. Ganz dunkel meint sie sich an einen Artikel in der Tageszeitung zu erinnern, in dem eine Person beschrieben wurde, die dieser gleichen könnte. Dabei durchfährt sie plötzlich ein Angstgefühl, denn es besteht der Verdacht auf Vergewaltigung und Mord. Je länger sie darüber nachdenkt, desto klarer wird die Erinnerung.

Kaum auf dem Hof der Spedition angekommen, ist kein Platz mehr für irgendwelche ängstlichen Gedanken. Hier will jeder was von ihr, und sie wechselt im Laufschritt vom Büro ins Lager und zu den Fahrern der LKW. Anette geht in dieser Arbeit auf, denn hier hat sie mit vielen unterschiedlichen Menschen zu tun, die ihr mit der Zeit alle sehr ans Herz gewachsen sind.

Der schlechte Mensch

Diese junge Frau erinnert ihn an jemanden. Sie war auch groß, schlank und blond. Es ist bestimmt zwanzig Jahre her, aber irgendwann zieht es den Täter an seinen Tatort zurück, selbst wenn es Jahrzehnte dauern sollte. Als Ewald sich am frühen Morgen in die Dünen geschlichen hat, wusste er genau, wo die alte Kate zu finden ist. Allerdings hat es ihn erstaunt, wie sie zu ihrem Vorteil verändert war. Wohl ein neuer Besitzer, anscheinend ein Künstler. Im Morgengrauen, als er um das Haus streicht, sieht er in dem Schaufenster neben der Werkstatt die ausgefallenen Sachen. Nicht dass er ein Kunstkenner wäre, aber ihm gefallen die Stücke.

Im Moment weiß er nicht, wo er schlafen kann, mal in einer Scheune, mal im Freien. Jetzt zieht Ewald sich in die Dünen zurück, wobei er sich bewusst ist, dass er bald eine Lösung finden muss. Im Sommer macht es ihm nichts aus, im Freien zu übernachten, aber es wird ja bald wieder kälter und er spürt seine alten Knochen. Er ist dieses Leben leid, immer herumzuziehen und nirgendwo zu Hause zu sein. Inzwischen ist es für ihn schwierig geworden, bei einem Bauern unterzukommen, denn er sieht nicht mehr so kräftig aus, und ein Landwirt braucht Leute, die anpacken können. So ist er, ohne Geld und Obdach, gezwungen zu betteln.

Als die Frau zum Wasser läuft, denkt er im ersten Moment, dass die Tote auferstanden ist. Aber nein, die müsste jetzt ja um die sechzig sein. Vielleicht eine Tochter?

Nicht dass er jetzt auf einmal altersmilde all seine Untaten bereut. Nee, dafür hat es ihn zu sehr befriedigt. Doch seine Kraft und seine Potenz lassen nach und er weiß schon lange nicht mehr, wo er hingehört. Er ist aus gutem Grund immer ein Einzelgänger gewesen und konnte sich nie jemandem anvertrauen, denn dann wäre er nicht mehr auf freiem Fuß. Weil er sich die ganzen Jahre herumgetrieben, immer den Ort seiner Untaten sofort verlassen hat, ist er durch die ganze Republik gekommen. Viele Kriminalbeamte haben versucht, ihn zu überführen, doch bis jetzt ist es noch keinem gelungen, denn Ewald ist zu gerissen und zu schnell. Doch wenn er auch in seiner Eitelkeit glaubt, alle an der Nase herumzuführen, sind ihm doch einige Fehler unterlaufen. Immerhin konnte er viele Jahre, zu viele Jahre, sein Unwesen treiben. Wie eine Bestie hat er die Frauen gequält und so verletzt, dass sie nicht mehr in der Lage sind, ein normales Leben zu führen. Die fünfzehnjährige Marie und Jonatans Mutter haben es nicht überlebt. Und nun liegt dieser Mörder in unmittelbarer Nähe der Kate in den Dünen am Strand.

Sein letztes Opfer, die junge Frau auf dem Fahrrad, die er in der Scheune brutal vergewaltigt hat, kommt ihm in den Sinn. Ein wohliges Schauern geht durch seinen Körper. Er genießt die Erinnerung, die warme Sonne und seinen Kaugummi. Und wenn er schon mal bei so schönem Wetter am Strand ist, kann er auch ein Bad im Meer nehmen.

*

Anette ist fertig mit ihrer Arbeit und fährt mit dem kleinen Auto wieder nach Schönsee, wobei sie die ganze Zeit an diesen Kerl in den Dünen denken muss. Kaum dass sie Jonatan begrüßt hat, erzählt sie ihm schon von der merkwürdigen Begegnung am frühen Morgen. Jonatan ist sofort besorgt, als sie von dem Artikel in der Zeitung spricht. Auch er erinnert sich vage daran und drängt darauf, die Polizei zu informieren.

»Ich glaube, es ist das Beste, bei der Kripo anzurufen und unseren Verdacht zu melden.«

Auf so einen Hinweis hat Kommissar Gerhard Hollmer schon lange gewartet. Zwar sind schon einige Anrufe hinsichtlich des Zeitungsartikels erfolgt, aber die Aussagen sind alle ins Leere gelaufen. Seit dem Überfall auf die junge Radfahrerin ist in seinem Bezirk kein Vorfall dieser Art mehr gemeldet worden. Dafür ist er sehr dankbar, denn noch so einen Fall möchte er nicht erleben. Die Auswertungen am Tatort und die Aussagen des Opfers haben ergeben, dass der Täter immer nach der gleichen Methode vorgeht. Und immer wird von tiefschwarzen, stechenden Augen und von einer eher schmächtigen Statur gesprochen. Ebenfalls finden sie das Kaugummipapier, sorgfältig zusammengefaltet. Auch spricht Frauke Hansen von unvermuteten enormen Kräften.

Er nutzt den Überraschungseffekt aus, überwältigt und schändet die Person, um danach in Ruhe seinen Kaugummi zu genießen. Und alle Frauen sprechen voller Schaudern von dem Satz: »Das hat dir doch auch Spaß gemacht, was?«

Nun ist er offenbar in Schönsee am Strand gesehen worden. Ein Grund für Kommissar Hollmer, die Zeugin vor Ort anzuhören. Anette erwartet den Fahnder schon an der Haustür. Sie schildert ihm ausführlich die Geschehnisse von morgens. Er hat noch ein paar Fragen. »Können Sie mir zeigen, bei welcher Düne er campiert hat?«

»Natürlich, wir können gleich hingehen.« Anette geht voraus und Hollmer hat Mühe, Schritt zu halten. Dieser Abschnitt des Strandes wird selten von den Badegästen genutzt, und daher ist die Stelle in den Dünen auch fast unberührt. »Würden Sie mich jetzt bitte allein lassen? Ich werde später noch mal zu ihnen reinschauen.« Anette ist entlassen.

Jonatan sitzt in Gedanken versunken draußen auf der Bank. Anette setzt sich zu ihm und drückt ihm einen Kuss auf die Wange. Erstaunt schaut er hoch. »Entschuldige bitte, ich bin in Gedanken bei dem Tag, als meine Mutter starb. Ich habe lange darüber gegrübelt, wie es dazu kommen konnte. Sie war zwar Alkoholikerin, aber sie war gesund. Wieso ist sie so plötzlich ohne Anzeichen gestorben? Ich habe den Verdacht, da hat jemand nachgeholfen.«

Anette bekommt einen Schreck. »Was? Meinst du wirklich? Das ist ja furchtbar.«

»Natürlich ist es so gut wie unmöglich, nach so langer Zeit den Fall aufzuklären. Mir ist aber irgendwann eingefallen, wie ich sie nach der Schule vorgefunden habe. Sie lag auf dem Sofa und schlief wie immer ihren Rausch aus, und all die Jahre habe ich nicht weiter darüber nachgedacht. Aber als ich die Kate von Otto erbte und wieder in dem Zimmer stand, wurde mir bewusst, dass sie es in ihrem Zustand nie geschafft hat, sich zuzudecken. Sie lag dann immer da, die Sachen verrutscht, manchmal hing ein Bein runter. Aber an dem Tag, das ist mir irgendwann klar geworden, war sie bis obenhin zugedeckt. Das kann doch kein Zufall sein.«

»Was hältst du davon, es dem Kommissar zu erzählen? Vielleicht hat er eine Idee, wie man es herausbekommt.«

Gerhard Hollmer ist zurück. »Frau Bessen, fühlten Sie sich von diesem Mann beobachtet? Hatten Sie ein ungutes Gefühl?«

»O ja. Ich mochte gar nicht aus dem Wasser kommen, zumal ich morgens immer ohne Badeanzug schwimmen gehe. Er sah ja auch nicht gerade vertrauenerweckend aus. Eher etwas ungepflegt, als lebte er schon länger auf der Straße.«

»Wollen Sie morgen früh wieder ein Bad im Meer nehmen? Ich kann es verstehen, wenn Sie etwas unsicher geworden sind, aber ich bin überzeugt, dass der Mann morgen wieder in der Düne sitzt.«

Anette versteht, was Hollmer von ihr will: Sie soll Lockvogel spielen. Sie schaut Jonatan an. »Was meinst du, soll ich es wagen?«

»Auf keinen Fall. Das ist viel zu gefährlich, wenn das der Verbrecher ist, der gesucht wird.«

»Wir passen auf Ihre Frau auf! Ich fordere Verstärkung an. Schon heute Nacht werden wir uns in der Nähe verstecken. Wir beschützen sie!«

»Okay«, beschließt Anette, »ich mache es.«

Was Hollmer nicht erwähnt, ist, dass er ein Indiz im Sand gefunden hat. Er ist sich sicher: Wenn der Kerl morgen erscheint, haben sie den Richtigen erwischt.

Jonatan ist bei seiner Grübelei noch etwas eingefallen. An dem bestimmten Tag kam er wie immer mit dem Schulbus in Kaköhl bei der Bushaltestelle an. Er stieg hastig aus und warf einen Blick in das Wartehäuschen. Dort saß ein unbekannter bärtiger Mann, den er vorher noch nie gesehen hatte. Auffällig war seine dunkle Sonnenbrille, obwohl es an dem Tag eher bedeckt war.

Doch weil es schon einige Badegäste gab, dachte er sich nichts dabei.

Wie sollte er auch wissen, dass dieser schlechte Mensch dabei war, so schnell wie möglich die Örtlichkeiten zu verlassen? Ein Leben auf der Flucht. Wie lange kann man so existieren?

Das blaue Kleid

In Bremen wartet Fred auf die Heimkehr seiner Liebsten. Dieses Wochenende ohne Vera hat ihm gezeigt, wie untrennbar sie in sein Leben gehört. Ihre lebhafte Art, ihre Energie, ihr Humor, ihr Aussehen ... Er weiß gar nicht, wo er anfangen oder aufhören soll, ihre liebenswerten Eigenschaften aufzuzählen. Er weiß nur, dass er sich mit Haut und Haaren in sie verliebt hat und es kaum erwarten kann, sie in die Arme zu schließen. Er nimmt sich vor, mit ihr über die Zukunft zu reden. Auch eine Heirat ist für ihn nicht mehr ausgeschlossen.

So sehr er auch um seine Marion trauert, sie kommt nicht zurück und sie ist gut in der kleinen Ecke seines Herzens aufgehoben.

Was für ein Glück er mit seinem Paradiesvogel hat, wird ihm in diesen ruhigen Minuten erst so richtig bewusst.

Während Vera auf der Fahrt von Schönsee nach Bremen ihren Kleinwagen lenkt, ist sie in Gedanken noch bei ihren Eltern. Sie macht sich Sorgen um ihren kranken Vater, der ihr gegenüber offen war wie noch nie. Vielleicht liegt ihm ja doch etwas an ihr. Tränen brennen in ihren

Augen, als sie daran denkt, wie schweigsam er immer war. Zu keinem Thema hat er sich geäußert, egal worum es ging. Umso mehr hat sie sich an Bruno gehalten, den besten Bruder, den man sich vorstellen kann. Gar nicht auszudenken, was ohne ihn gewesen wäre. Auch ihre Mutter hat sie meistens unterstützt, obwohl Vera es ihr nicht immer leicht gemacht hat. Man denke nur an die verrückten Frisuren und ihre Selbstständigkeit, an die sich die Familie gewöhnen musste. Vielleicht hätte Maria Sievers sich selbst das Leben ihrer Tochter gewünscht. Aber sie gehört einer anderen Generation an, in der sie und viele andere Frauen eine Heirat als einzige Zukunft hatten. Wenn es Vera auch schwerfällt, ihre Lieben wieder allein zu lassen, ist sie doch froh, ihr eigenes Leben führen zu können.

Fred sitzt in Veras kleiner Wohnung und hängt seinen Gedanken nach. Noch haben sie nicht entschieden, in welchem Zuhause sie zusammen leben wollen. Es muss noch einiges geklärt werden. Für Vera wäre es von Vorteil, wenn sie in ihrer Wohnung blieben, denn sie ist nur ein paar Minuten vom Salon entfernt. Er ist eingenickt, als er endlich vom Geräusch des Schlüssels in der Haustür aufschreckt.

Vera stößt einen kleinen Schrei aus, als sie Fred im Sessel sitzen sieht, denn sie hat nicht damit gerechnet, ihn hier anzutreffen – mitten in der

Nacht. Obwohl sie müde ist von der Heimfahrt, ist sie glücklich und froh, ihn zu sehen.

»Vera, endlich bist du da«, sagt Fred und nimmt sie in die Arme. »Ich möchte dir so viel sagen, aber ich bewahre mir das bis morgen auf, denn du siehst aus, als könntest du ein wenig Schlaf gebrauchen.«

Vera schmiegt sich in seine starken Arme und seufzt. »Genau, ich bin in den letzten Tagen kaum zur Ruhe gekommen, wie du dir denken kannst. Lass uns später reden.« Sie ist schon auf dem Weg ins Schlafzimmer. »Komm, ich war lange genug allein. Ich muss deine Wärme spüren!«

Der nächste Tag ist ein Montag, an dem der Salon geschlossen ist. Obwohl Vera frei hat, juckt es sie in den Fingern, in ihrem Laden vorbeizuschauen, aber sie widersteht dem Drang. Fred ist am frühen Morgen mit dem Rad zur Arbeit gefahren, während sie sich noch mal im Bett umdreht, sich in sein Kissen kuschelt und den angenehmen männlichen Geruch genießt, den er hinterlassen hat.

Was fängt sie also an mit so viel Zeit für sich? Nach einer ausgiebigen Dusche und einem kleinen Frühstück mit starkem Kaffee ist sie wach genug für einen Einkaufsbummel durch die Altstadt in Bremen. *Du meine Güte, wie lange habe ich das nicht mehr gemacht?*

Sie stöbert in den Geschäften herum, findet für ihre Lieblingsmenschen die eine oder andere Kleinigkeit, vertrödelt die Zeit wie nie zuvor und ist dabei auch noch sehr mit sich zufrieden. Zum Schluss entdeckt sie in einem kleinen Laden ein Kleid, so berauschend schön, dass sie es unbedingt anprobieren muss. Sie steht vor dem Spiegel und kommt aus dem Staunen nicht heraus. Dieses intensive Blau und der raffinierte Schnitt, wie für sie geschneidert! Das könnte ein Entwurf von Linda sein, ganz ihr Stil. Und tatsächlich, bei näherem Hinsehen entdeckt sie ihr Logo.

Auch wenn der Preis eigentlich nicht Veras Finanzen entspricht, braucht die Verkäuferin ihr gar nicht mehr zuzureden. Sie muss es haben!

Als Fred am späten Nachmittag von der Arbeit zurück ist und Vera ihn in ihrer neuen Aufmachung empfängt, bekommt er den Mund nicht mehr zu. »Mein Gott, bist du schön! Lass dich mal richtig anschauen.«

Sie dreht sich langsam herum und lacht. »Ich bin doch kein Mannequin.«

»Aber du könntest glatt dafür durchgehen.« Jetzt wird er sehr ernst. »Ich weiß nicht, wie ich es sagen soll, und ich kann jetzt auch nicht mehr länger warten.«

Vera schaut ihn mit großen Augen fragend an. Will er mit ihr Schluss machen?

Er fährt fort: »Wie macht man einen Antrag? Muss ich mich hinknien? Nicht mal Blumen hab ich dabei! Ach, egal, ich frage dich einfach. Liebste Vera, willst du mich heiraten?«

Nun ist Vera sprachlos. Wie lange hat sie schon auf diesen Moment gewartet und zum Schluss sogar gedacht, dass er sie nie fragen wird. Doch sie fängt sich schnell. »Fred Berger, hast du auch gut überlegt, dir so einen Paradiesvogel einzufangen? Du weißt, so ein Vogel muss flattern und braucht ab und zu seine Freiheit.«

Er nickt nur und schaut sie fragend an.

»Gut«, antwortet Vera, »dann sage ich Ja! Sind wir jetzt verlobt?«

»Ich glaube schon.« Fred lacht und nimmt sie in den Arm. »Heute werde ich die schönste Frau der Welt in ihrem hübschen blauen Kleid ausführen.«

»Ja, und rate mal, wer das Kleid entworfen hat.«

»Das kann dann wohl nur deine beste Freundin Linda gewesen sein.«

»Ganz genau!«

Fred führt sie am Abend in ihr Lieblingslokal, wo sie einen Tisch etwas abseits des Trubels bekommen. Wie immer sind ihre Gespräche intensiv und ausführlich. Diesmal geht es hauptsächlich darum, wo sie in Zukunft wohnen wollen.

»Wenn du willst«, sagt Vera, »können wir zu dir ziehen, dann müsste ich nur immer mit der Straßenbahn zum Salon fahren. Doch daran werde ich mich gewöhnen.«

»Hm, wir sind ja in der komfortablen Lage, zwei komplette Wohnungen zu haben. Was ist

dagegen einzuwenden, wenn wir beide behalten?
Wir müssen uns nur einig werden, in welcher wir
zusammen leben wollen.«

Vera überlegt. »Ja, dann werden wir deine größere beziehen, und meine, in der ich ja dank Frau
Andersen fast umsonst leben kann, behalte ich für
besondere Fälle.«

»Ja, so wird es gemacht!«

»Und jetzt werden wir Bodo überraschen, der hat
heute Dienst in der Tanzbar.«

»Wunderbar, dann wirst du ja endlich mal den
ganzen Abend mit mir tanzen, oder?«

Fred lacht. »Mal sehen, wie viel dort los ist. Vielleicht muss ich ihm ja helfen.«

Bodo ist erfreut, die beiden zu sehen. Inzwischen
ist Vera ihm auch sehr vertraut und sympathisch.
Die Bar ist wie immer verraucht und in dezentes
Rotlicht getaucht. Die Kapelle spielt einen Song
nach dem anderen, obwohl in der Woche nicht so
viel los ist wie sonst. Vera und Fred haben sich auf
Barhockern niedergelassen und sehen sehr glücklich aus.

»Ich gebe heute mal einen aus, Bodo«, verkündet
Fred. »Wir haben nämlich einen Grund zum Feiern.«

»Was? Habt ihr euch endlich verlobt? Wurde ja
auch mal Zeit!«

»Mann, du nimmst ja alles vorweg, aber du hast
recht, wir wollen heiraten.«

»Darauf trinken wir, Prost!

»So, meine schöne Braut, und jetzt lass uns ins Leben tanzen.«

Vera lächelt ihn selig an, ohne an die nächsten Tage zu denken.

Abschied

Wie geht es nun in Schönsee auf dem Gut weiter? Bruno ist besorgt um seinen Vater, denn der Arzt macht ihnen keine Hoffnung. Die Krankheit ist so weit fortgeschritten, dass es nicht mehr lange dauern kann. Hans Sievers wird bald sterben. Seine Frau ist Tag und Nacht damit beschäftigt, ihn zu versorgen. Bruno sieht, dass seine Mutter immer blasser und dünner wird, aber wie kann er ihr die berechtigten Sorgen abnehmen? Er unterstützt sie schon, so gut es geht, und übernimmt auch mal eine Nachtschicht, um sie zu entlasten.

Nun überlegt er. Soll er seiner Schwester sagen, wie es um ihren Vater steht? Er weiß ja, wie sie in ihrer Arbeit aufgeht. Aber so eine Krankheit fordert ihren Tribut. Lange wird er nicht mehr warten können. Vielleicht ist es besser, sie langsam darauf vorzubereiten.

Vera ist im Grunde schon bewusst, dass es ihrem Vater sehr schlecht geht, und deshalb auch nicht überrascht, als Bruno sich telefonisch meldet. »Schwesterlein, kriege jetzt keinen Schreck, aber Papa geht es so schlecht, dass wir jeden Tag mit seinem Ende rechnen müssen. Du bist zwar gerade erst hier gewesen, aber ich glaube, es wäre gut, wenn du kommen könntest.«

»Ach, Bruno, wie traurig kann das Leben manchmal sein. Ich mache mich sofort auf den Weg. Grüße und drücke Mama von mir. Bis bald!«

Vera spricht noch kurz mit Fred.

»Ach, mein armer Engel, soll ich dich begleiten?«, fragt er.

»Nein, nein, da musst du nicht mit, obwohl ich es ganz lieb finde, dass du mir eine Stütze sein willst.«

»Also, dann werde ich die ganze Zeit an dich und deine Familie denken.«

Sie regelt noch den Ablauf der nächsten Tage mit ihrer Gesellin Sabine, packt ein paar Sachen zusammen und fährt allein nach Schönsee. Während der Fahrt denkt sie über ihre Beziehung zu ihrem Vater nach. Immer war da diese Sprachlosigkeit zwischen ihnen, die sie oft als bedrückend empfunden hat. Muss man erst krank werden, um Gefühle zu zeigen? Noch nie hat er sich so gefreut, sie zu sehen wie das letzte Mal bei ihrem Besuch zu Hause. Trotzdem kann sie sich des Gefühls nicht erwehren, als Kind immer etwas falsch gemacht zu haben. Aber wahrscheinlich kann er nicht aus seiner Haut. Jeder hat ja sein Päckchen zu tragen, und über seins konnte und wollte er sicher nicht sprechen. Vera könnte sich sogar vorstellen, dass er nicht mal ihre Mutter ins Vertrauen gezogen hat. Nein, so möchte sie keine Partnerschaft führen, und glücklicherweise muss sie es auch nicht, denn mit Fred kann sie über alles reden. Dem ist es nie zu viel.

Trotzdem will sie sich nicht beklagen, denn mit Bruno und ihrer Mutter war es ja auch in Ordnung. Ihr großer Bruder hatte immer ein Ohr für ihre kindlichen Sorgen. Mit ihm konnte man jeden Blödsinn machen und herumfrotzeln. Auch in ihrer Mutter hatte sie einen Menschen, dem sie sich anvertrauen konnte. Selbst wenn diese nicht mit allem einverstanden war, was ihre Tochter gerade angestellt hat, so hat sie doch immer zu ihr gehalten.

Endlich, der Weg zum Gut liegt vor ihr. Veras Herz wird schwer, jetzt muss sie sich der Tatsache stellen, ihren Vater zum letzten Mal zu sehen.

Das Bett, in dem Hans Sievers liegt, ist zu groß. Sein ausgemergelter Körper zeichnet sich unter der Decke kaum noch ab. Er ist nur noch ein Schatten seiner selbst.

»Hallo, Papa, ich bin es, Vera.«

Ein leichtes Lächeln zieht sich über sein eingefallenes Gesicht, und die weißen Hände, von schwerer Arbeit und Tod gezeichnet, fahren unruhig über die Bettdecke. Vera ergreift sie und lässt den Tränen freien Lauf. Sie bleibt mit Maria und Bruno an seiner Seite bis zum letzten Atemzug.

Wie geht es weiter?

Nachdem sie Hans Sievers beerdigt haben, geht das normale Leben auf dem Gut und im Friseursalon in Bremen weiter. Bruno kümmert sich um sein Vieh, seine Mutter um das leibliche Wohl und den Haushalt, während Vera wieder in ihren Friseursalon zurückkehren muss.

Aber bevor Vera wieder nach Bremen fährt, vertraut sie Bruno an, dass sie sich mit Fred verlobt hat. Hätte sie es nicht erzählt, wäre sie geplatzt – ihr Bruder muss es einfach wissen.

»Hat er dir also tatsächlich einen Heiratsantrag gemacht? Entschuldige, Vera, aber ich habe ihm in Gedanken keine guten Absichten unterstellt. Er hat so etwas in den Augen, was ich nicht deuten kann.«

»Ich nehme dir das nicht übel, denn du bist mein liebster Bruder, der sich um seine Schwester sorgt. Das, was du nicht deuten kannst, ist Trauer!«

»Wie das?«

»Fred hatte schon mal eine Frau, die er sehr geliebt hat. Er wollte eine richtige Familie und Kinder. Als seine Marion schwanger wurde, hat er sich riesig gefreut, aber seine Frau war von Anfang an skeptisch. Sie muss wohl etwas geahnt haben. Sie und das Baby sind bei der Geburt gestorben. Das hat ihn in die Tiefe gerissen. Mit den Jahren hat er zwar gelernt, damit zu leben, aber Marion ist noch immer in einer kleinen Ecke seines Herzens. Und sie soll meinetwegen auch gern dortbleiben.«

»Ach du meine Güte, was habe ich da bloß für Gedanken gehabt! Ich wünsche dir und Fred alles Glück der Erde. Hast du Mama schon von eurer Verlobung erzählt?«

»Ich glaube, sie ist noch zu sehr mit sich und ihrer Trauer beschäftigt, da möchte ich nicht wie ein Elefant im Porzellanladen von meinem Glück reden!«

»Nein, nein, ganz im Gegenteil. Sie wird sich für dich freuen. Eigentlich müsstest du sie besser kennen!«

Und tatsächlich, als Vera allen Mut zusammennimmt und ihrer Mutter von ihrer Verlobung berichtet, strahlt diese übers ganze Gesicht. »Ich hab es die ganze Zeit gewusst. Fred ist der Richtige für dich. So einen netten Sohn dazuzubekommen, habe ich mir immer gewünscht.«

»Und hast du auch so etwas in seinen Augen gesehen, was du nicht deuten kannst – wie Bruno?«

»Nein, ich fand ihn vom ersten Augenblick an sympathisch. Außerdem hat doch jeder auch eine andere Seite.« Die beiden Frauen umarmen sich zum Abschied.

Jetzt kann Vera beruhigt zurück nach Bremen

fahren. Es zeigt sich mal wieder, dass Freude und Trauer dicht beieinanderliegen.

Wieder zu Hause geht es voller Tatendrang als Erstes in den Salon, ohne einen Umweg zur Wohnung zu machen. Sie hat einiges in ihrem Geschäft aufzuarbeiten. Wenn die Gesellin auch sehr tüchtig ist und der Lehrling ebenfalls fleißig, so fehlt doch die Chefin. Alle sind froh, dass nach etlichen Tagen wieder Normalität eintritt. Sogar die Kundinnen merken den Unterschied. Als sich am späten Abend das Gefühl einstellt, alles im Griff zu haben, ist die Sehnsucht nach ihrem Schatz übergroß.

»Fred, Fred ich bin wieder hier.« Sie stürmt in ihre kleine Wohnung.

Fred, der schon sehnsüchtig auf seinen Paradiesvogel gewartet hat, kommt ihr entgegen, hebt sie hoch und dreht sich mit ihr im Kreis. »Ich bin so froh, dass du endlich wieder da bist. Lass mich bloß nicht wieder so lange allein. Aber ich bin unmöglich! Wie geht es dir? Du bist sicher traurig, dass dein Vater gestorben ist.«

»Ja, das hat mich mehr mitgenommen, als ich gedacht hätte. Es war sehr schlimm, ihn so zu sehen, aber jetzt hat er ausgelitten, und ich bin dankbar, die letzten Stunden bei ihm gewesen zu sein. Ich glaube, sonst hätte ich mir ewig Vorwürfe gemacht.«

*

Vera hat sich gerade verabschiedet, und Bruno ist bald danach in den Kuhstall gegangen. Dort bei der Arbeit mit dem Vieh kann er seine Gedanken am besten ordnen. Wenn sein Vater auch nicht der Gesprächigste war, so kam er doch immer sehr gut mit ihm aus. Jetzt hat er niemanden mehr, mit dem er sich über seine Tätigkeit als Melkermeister austauschen kann. Auch seine Mutter macht ihm Sorgen, denn er hat nicht übersehen, wie sie während der langen Zeit der Pflege immer schwächer geworden ist. Er wird sich in Zukunft mehr um sie kümmern müssen.

Nachdem Maria eine Zeit lang unruhig durch ihre kleine Wohnung gewandert ist, hat sie sich endlich in ihrem Sessel niedergelassen. Sie ist mit ihrer Trauer und ihren Gedanken allein. Wenn man viele, viele Jahre mit einem Menschen verbracht hat, ist man so vertraut miteinander, dass man spät oder gar nicht merkt, wie sich der Partner verändert. Und Hans hat sich im Laufe der Jahre gewandelt.

Als junger Vater ist er nicht müde geworden, mit Bruno und Vera zu spielen und herumzutollen, obwohl er immer schwer arbeiten musste. Doch mit dem Großwerden der Kinder wurde er immer stiller, und Maria kann sich nur vorstellen, dass das hauptsächlich mit Vera, die ja ein wenig aus der Art geschlagen ist, zu tun hatte. Obwohl sie mit Hans darüber zu reden versuchte, ist es zu keiner Veränderung gekommen. Sie kann nur ahnen, wie sehr Vera unter seiner Wortlosigkeit gelitten hat. Doch der Mensch ist, wie er ist, und wenn sie an ihre gut geratenen Kinder denkt, ist sie voller Dankbarkeit und Zuversicht.

Zwar hatte Maria immer ein einfaches Zuhause, doch war sie nie unzufrieden mit ihrer Situation und hat sich kein besseres Leben gewünscht. Auch in schlechten Zeiten, als Hans im Krieg und sie mit dem kleinen Bruno allein war, hatte sie in der Hofgemeinschaft immer Unterstützung.

Sie selbst ist auf dem Gut aufgewachsen. Der Vater hat auf dem Land und ihre Mutter in der Küche gearbeitet. Sie besaßen nicht viel, aber was Maria sehr früh bewusst wurde, war die Liebe ihrer Eltern zueinander. Diesen großen Schatz haben sie ihr Leben lang bewahrt. Maria hat sich auch so eine Liebe gewünscht und von einem Mann geträumt, mit dem sie glücklich werden kann. Sie musste nicht lange warten.

Als junger Mann, nur mit einem kleinen Bündel über der Schulter, in dem seine wenigen Habseligkeiten verstaut waren, kam Hans auf dem Gut an. Er fand dort Arbeit und blieb für immer, nur unterbrochen durch die Einberufung zur Wehrmacht.

Es war unmöglich, sich auf dem Hof nicht irgendwann zu begegnen. »Aus welcher Wolke ist denn dieses schöne Mädchen gefallen?«, staunte Hans. Ungläubig schaute er der jungen Frau nach, die an ihm vorbeieilte. Für Hans war es klar: Das war die Frau seines Lebens. Und tatsächlich, als sie sich nach mehrmaligen zufälligen Begegnungen das erste Mal tief in die Augen sahen, war es auch um Maria geschehen. Danach ging alles ziemlich schnell. Ihre Eltern hätten sich für ihr einziges Kind vielleicht einen jungen Mann mit etwas mehr Geld gewünscht, aber Hans war ein fleißiger Arbeiter, und er liebte Maria. Mehr hatten sie selbst nicht und waren dennoch immer sehr zufrieden mit ihrem Leben.

Die jungen Leute bekamen eine kleine Wohnung auf dem Hof und heirateten standesamtlich. Es gab keine große Feier, weil sie einfach kein Geld dafür hatten. Sie waren froh, ein paar Dinge für die Wohnung kaufen zu können. So hatten sie wenig und doch unendlich viel, denn sie hatten sich!

Die Jagd ist zu Ende

Die angeforderten Polizisten suchen sich Plätze, an denen sie unbemerkt auf die Zielperson warten können. Rund um die Kate und an Punkten, von denen aus sie die Düne beobachten können, nehmen sie ihre Position ein. Gerhard Hollmer hat als Einsatzleiter alles im Griff. Er erwartet den Verbrecher im Morgengrauen.

Ewald Kordes erwacht nach einigen Stunden Schlaf auf dem Heuboden eines Kuhstalls im Dorf. Normalerweise hat er nichts gegen eine einfache Schlafgelegenheit, doch in letzter Zeit spürt er sein Alter, und im Grunde sehnt er sich nach einem geregelten Tagesablauf, nach ordentlichen Mahlzeiten und einem richtigen Bett. Der Morgen graut und Ewald schaut in seinen Rucksack nach den übrig gebliebenen Broten, die er gestern erbettelt hat. Er packt seine wenigen Sachen ein und klettert die schmale Stiege hinab in den Stall. Der Hof liegt noch verschlafen in der Dämmerung, als er sich kurz an der Pumpe erfrischt, einen Schluck Wasser trinkt und seine Wasserflasche auffüllt. Er will erneut an den Strand gehen, vielleicht steigt diese schöne junge Frau ja wieder in die Fluten, dann kann er seiner

Fantasie freien Lauf lassen. So eilt er etwas geduckt in Richtung Fischerkate.

Der erste Beobachter, der die ungepflegte Person erblickt, gibt die Information an den Einsatzleiter weiter. »Es geht los, Zielperson gesichtet.«

Nachdem Ewald wie gestern einen Blick auf Jonatans Kunstwerke geworfen hat, geht er langsam weiter an den Strand. Er atmet die frische Seeluft ein und macht es sich hinter seiner Düne bequem. Inzwischen wird es hell und er wartet auf die schöne blonde Frau. Und wie immer, wenn er auf etwas wartet, holt er einen Kaugummi aus der Tasche, schiebt ihn in den Mund und lässt das sorgfältig gefaltete Papier in den Sand fallen.

Anette hat die ganze Nacht kein Auge zugemacht. Jonatan hat am Abend noch mal eindringlich auf sie eingeredet, sich zu überlegen, ob sie überhaupt mitmachen will.

»Klar werde ich das«, entgegnete Anette. »Der Kerl muss doch aus dem Verkehr gezogen werden, und wenn ich meinen Beitrag dazu leisten kann, bin ich bereit. Wie viele Frauen sollen noch vergewaltigt werden?«

»Ich bewundere deinen Mut, aber ich habe Angst um dich. Also werde ich auch auf dich aufpassen!«

»Die Polizei wird mich schon beschützen.« Sie war nicht aufzuhalten.

Am Morgen zieht Anette einen Badeanzug an, denn von so vielen Augen beobachtet, möchte sie nicht nackt baden. Nachdem sie Hollmer das abgemachte Zeichen gegeben hat, geht sie zügig an den Strand, wirft am Ufer ihren Bademantel in den Sand und läuft ins Wasser. Aus dem Augenwinkel hat sie die Person in den Dünen erfasst, und so mutig sie auch ist, steigt jetzt die Angst langsam in ihr hoch.

Ewalds Instinkte alarmieren ihn. *Irgendetwas ist anders! Gestern war sie nackt! Wieso hat sie heute einen Badeanzug an? Das ist doch eine Falle! Hat mich diese Schlampe verraten?*

Ewald spürt förmlich die Gefahr und will nur noch entkommen. Er lässt alles liegen und rennt davon. Doch er ist noch nicht sehr weit, als er auch schon von mehreren Polizisten umzingelt wird. Hollmer lässt die Handschellen klicken. So besonnen, wie er auch ist, kann er sich die Frage nicht verkneifen: »Haben wir dich endlich erwischt?« Als er in die hasserfüllten, stechenden Augen schaut, die von fast allen misshandelten Frauen beschrieben wurden, ist er sich sicher, den Richtigen gefasst zu haben. In der Düne finden sie das wichtigste Indiz: das sorgfältig zusammengefaltete Kaugummipapier.

Er wird ihn sich auf der Station gründlich vornehmen.

Nun ist der schlechte Mensch endlich verhaftet und kommt in Untersuchungshaft. Ewalds Wunsch, ein geregeltes Leben zu führen, geht auf diese Weise in Erfüllung. Er wird viele Jahre im Gefängnis verbringen. Dort gibt es ein Bett, wenn auch nur ein einfaches, Mahlzeiten morgens, mittags und abends – geregelter geht es nicht.

Doch man sollte nicht vergessen, dass er nicht der einzige Verbrecher hinter Schloss und Riegel ist. Sobald sich bei den Mithäftlingen herumgesprochen hat, einen Mörder und Vergewaltiger unter sich zu haben, hat Ewald keine Ruhe mehr. Manchmal sehnt er sich auf die Straße zurück, wo er für sich allein verantwortlich war und er nicht von irgendjemandem belästigt oder gar bedroht wurde.

Verdacht

Nachdem Anette vom Wasser aus das Szenario beobachtet hat und langsam wieder ans Ufer kam, steht dort Jonatan mit dem Bademantel in der Hand und erwartet sie. »Mein Schatz, ich bin so froh, dass alles perfekt abgelaufen ist und dass dir vor allem nichts passiert ist. Komm, lass dich umarmen!«

»Vorsicht, Jonatan, ich bin nass.« Anette muss nach der Anspannung lachen. »Ich war doch die ganze Zeit gut beschützt, aber ich muss zugeben, ich hatte trotzdem ein bisschen Schiss.« Sie gehen gemeinsam zu ihrem Haus.

»Was meinst du, Anette, sollte ich dem Kommissar von meinem Verdacht erzählen? Ist es überhaupt vorstellbar, nach so langer Zeit noch jemanden zu überführen?«

»Ich glaube, es ist einfach wichtig für dich, mal mit einem kompetenten Menschen darüber zu sprechen.«

Sie können den Kommissar gerade noch erwischen, bevor er ins Auto steigt.

»Wäre es möglich«, spricht Jonatan ihn an, »Sie noch mal in eigener Sache in Anspruch zu nehmen? Es geht um einen Fall, der mir schon jahrelang zu schaffen macht.« Jonatan ist bemüht, sachlich zu bleiben, doch das ist angesichts der Tatsache, dass es um seine Mutter geht, nicht so einfach. Hollmer möchte zwar am liebsten sofort zum Verhör mit dem Festgenommenen, doch er ist sensibel genug zu merken, dass Jonatan etwas Wichtiges mitzuteilen hat, und zückt seinen Notizblock.

Jonatan muss ganz von vorn anfangen und berichtet von dem Tag, als er gerade vierzehnjährig seine Mutter auf dem Sofa liegend vorfand.

Der Kommissar unterbricht ihn. »Glauben Sie, Ihre Mutter war schon tot, als Sie von der Schule nach Hause gekommen sind?«

»Erst viel später fiel mir ein Detail auf: Meine Mutter war ordentlich zugedeckt.«

»Und war das ungewöhnlich?«

»Genau. Wenn sie so betrunken war, schaffte sie es gerade noch, sich auf das Sofa zu legen. Niemals war sie in der Lage, sich in diesem Zustand zuzudecken.«

»Ja, das ist in der Tat sehr verdächtig. Meinen Sie denn, dass das mit dem Verbrecher zu tun haben könnte, den wir gerade dingfest gemacht haben?«

»Vielleicht ist es ja kein Zufall, dass der sich hier rumtreibt. Ich bin jedenfalls froh, meinen Verdacht mal angesprochen zu haben.«

»Das ist eine interessante Geschichte, die Sie mir da erzählen. Diesen Aspekt werde ich bei meinen Verhören auf jeden Fall mit einfließen lassen.«

Jonatan räuspert sich. »Und mir ist noch etwas eingefallen. Vielleicht habe ich den Täter sogar gesehen. In dem Buswartehäuschen in Kaköhl saß ein Mann mit Bart und Sonnenbrille, den ich vorher noch nie gesehen hatte. Ich fand die Sonnenbrille ungewöhnlich, da es bewölkt war.«

»Das ist ja hochinteressant, Herr Endrokat. Kann ich bei einer Gegenüberstellung auf Sie zurückkommen?«

»Ja, natürlich. Ich wäre sehr froh, wenn sich diese Geschichte aufklärt.«

Modenschau in neuen Räumen

Obwohl Linda nur ein paar Stunden geschlafen hat, springt sie voller Energie und Vorfreude aus dem Bett, denn heute ist ein besonderer Tag.

Kaum steckt sie nach ihrer Morgendusche die Zahnbürste in den Mund, wird ihr übel und sie muss sich übergeben. Hat sie etwa etwas Falsches gegessen? Sie kann sich nicht erinnern, was sie überhaupt gestern gegessen hat in der Hektik, die bei ihnen herrschte. Plötzlich hat sie einen Verdacht. Ist sie vielleicht schwanger? Oder liegt es nur an der Aufregung?

Sie schminkt sich wie immer, denn ungeschminkt geht Linda nie aus dem Haus. Zum Schluss zieht sie ein elegantes gelbes Kostüm an und könnte selbst auf den Laufsteg, so toll sieht sie aus. Über den Vorfall im Badezimmer kann sie heute nicht weiter nachdenken – die erste Ausstellung im neuen Gebäude steht bevor!

Diese Veranstaltung hat sie und ihre Mitarbeiter alle an den Rand der Erschöpfung gebracht. Doch nun ist es bis auf ein paar Kleinigkeiten geschafft. Die Entwürfe, die Schnittmuster, die Stoffauswahl und zum Schluss die Fertigung der Modelle waren eine große Herausforderung. Die Räumlichkeiten so herzurichten, dass die neue Mode auch richtig zur Geltung kommt, ist schließlich so gut gelungen, dass alle sehr zufrieden sein können. Der große Raum mit der hellen Fensterfront ist wie geschaffen für eine kleine Modenschau. Die dezente Dekoration an den Wänden und Schaufensterpuppen mit einigen Modellen machen neugierig auf mehr. Heute am späten Nachmittag findet die Präsentation statt. Mit ihren erfahrenen Mannequins sind Linda und Marlene schon die Reihenfolge der Modelle durchgegangen, die vorgeführt werden sollen. Außerdem kennt jeder in ihrem Team seine Aufgabe, dennoch sind alle etwas aufgeregt. Und gerade jetzt ist Theo, der Mann für alle Fälle, auf einem Lehrgang seiner Versicherung. Seine beruhigende Art fehlt Linda sehr.

»Leute, seid ihr bereit für einen aufregenden Tag? Ich drück uns die Daumen, dass alles klappt, was wir uns vorgenommen haben. Lasst uns schnell noch die letzten Vorbereitungen treffen.« Linda ist voller Tatendrang und zieht ihre Mannschaft mit.

Die Stunden bis nachmittags vergehen wie im Fluge und die ersten Interessenten sind schon angekommen. Da sie ordentlich die Werbetrommel gerührt haben, füllt sich der Saal schnell.

Es ist eine bunte Gesellschaft, die sich aus Geschäftsleuten und anderen Modeinteressierten zusammensetzt. Für einige von ihnen hat Linda schon gearbeitet. Nun ist sie sehr gespannt, wie ihre Modenschau ankommt.

Nach einer kurzen Begrüßung geht das Spektakel los. Bei dezenter Musik führen die Mannequins die neue Winterkollektion vor. Kräftige Farben und edle Stoffe sind angesagt für diese Saison. Ausgefallene Schnitte, aber dennoch tragbare Modelle, sind Lindas Markenzeichen. Bei jedem neuen Auftritt braust der Beifall auf und Linda kann es kaum fassen. Die Begeisterung steigert sich noch, als zum Schluss das Abendkleid vorgeführt wird.

Dieses Modell besticht durch Schlichtheit und Eleganz. Eine schulterfreie Korsage betont die schlanke Taille, während der fließende Stoff hinten den Boden berührt und vorne gerafft, kniefrei ist. Eine Stola aus Tüll, in dem gleichen satten Rot wie das Kleid, vervollständigt das Ganze.

Da ist es natürlich kein Zufall, dass die Auftragsbücher nach der Vorführung gut gefüllt sind. Linda und Marlene sind sehr zufrieden mit dem Ablauf des Tages und gönnen sich zum Schluss mit ihren Leuten einen kleinen Sekt. Sie wissen alle, dass es jetzt wieder sehr viel Arbeit geben wird, doch das ist Lindas Erfolg geschuldet.

Theo ruft an. »Liebling, wie ist dein Tag gelaufen? Ich musste die ganze Zeit an dich denken.«

»Schön, deine Stimme zu hören, Theo. Der Tag war anstrengend, aber auch sehr erfolgreich. Viele Modelle sind geordert. Du weißt, was das heißt. Wir haben in Zukunft wieder ordentlich zu tun.«

»Ich bin morgen am späten Abend wieder zu Hause. Ich habe Sehnsucht nach dir. Ich liebe dich und freu mich schon.«

»Ich liebe dich auch. Bis morgen, mein Schatz.«

Linda kann nicht schlafen, denn der ganze turbulente Tag schwirrt ihr noch im Kopf herum.

Die Aufregung, die vielen Leute, der Erfolg, all diese Dinge lassen sie nicht zur Ruhe kommen. Schließlich steht sie auf, nimmt ihren Skizzenblock zur Hand und entwirft die ersten Frühlingsmodelle. Dabei entspannt sie sich.

Am nächsten Morgen wiederholt sich die Geschichte vom Vortag. Beim Zähneputzen überkommt sie die Übelkeit und sie muss sich erneut übergeben. Soll das jetzt etwa jeden Tag so gehen? Sie rechnet nach und ist sich bald sehr sicher ...

Große Freude, aber auch ein wenig Angst, dass sich ihr so schön eingespieltes Leben verändern könnte – Linda ist sich nicht sicher, was sie empfindet. Obwohl sie und Theo sich einig waren, es darauf ankommen zu lassen, ist ein Baby nach etlichen Jahren doch eine Überraschung.

Doch so langsam geht etwas in ihr vor, das sie mit einem unbändigen Gefühl der Liebe erfüllt. Was wird Theo dazu sagen, dass er Vater wird?

Linda kann es kaum erwarten, ihm von dieser unglaublichen Neuigkeit zu erzählen. Und erst ihre Mutter Karla: Wenn sie daran denkt, kommen ihr die Tränen.

Erfolg

Gunda Schrader fragt sich, was der junge Jonatan Endrokat inzwischen wohl alles gestaltet hat. Sie ist von seinem Talent überzeugt und hat ihre Beziehungen spielen lassen, denn so ein Künstler wie er muss an die Öffentlichkeit. Bis jetzt war noch nicht viel von ihm zu sehen, doch das soll sich bald ändern. Er hat zwar schon in Neumünster ausgestellt und auch einige kleine Stücke verkauft, aber Gunda möchte, dass er in Hamburg Fuß fasst, denn dort ist das Publikum weltoffener. Natürlich sollte er dort auch selbst erscheinen, um sich als Person bekannt zu machen. Was Jonatan wohl davon hält? Obwohl er ein wenig publikumsscheu ist, möchte er doch sicher mit seiner Kunst Geld verdienen, um auf eigenen Füßen zu stehen.

Sie greift zum Telefon. »Herr Endrokat, Gunda Schrader hier.«

»Hallo, Frau Schrader, ich habe schon auf Ihren Anruf gewartet.«

»Ich habe alle meine Beziehungen spielen lassen, und dabei ist etwas sehr Gutes für Sie herausgekommen. Sind Sie bereit, bis zum Herbst mindestens fünfzehn Unikate zur Verfügung zu stellen?«

»Natürlich, bis jetzt habe ich ja kaum etwas verkauft, da könnte man schon eine größere Menge zusammenstellen. Außerdem habe ich noch Ideen für neue Exponate. Wo sollen denn die Werke ausgestellt werden?«

»Ich kenne den Inhaber einer Galerie in Hamburg, direkt am Jungfernstieg. Er ist ein sehr integrer Mann und aufgeschlossen für jegliche Kunst. Zusammen mit Ihnen werden noch eine Malerin und eine Töpferin ausstellen. Ich habe soweit alles geregelt, Sie brauchen nur noch zuzusagen.«

»Ich bin Ihnen sehr dankbar. Allein hätte ich das sicherlich nicht hinbekommen. Sie haben so viel Ahnung von Kunst, dass ich mich glücklich schätzen würde, wenn Sie mir bei der Auswahl der Stücke behilflich wären.«

»Das werde ich sehr gern tun. Nächste Woche? Ich bin dann sowieso in Schönsee.«

»Perfekt! Bis dann.«

Heute kann Jonatan es kaum erwarten, dass Anette von der Arbeit zurückkehrt. Endlich hat er ihr etwas Positives zu berichten. Nach Gunda Schraders Anruf ist er total aus dem Häuschen. Sollte es jetzt tatsächlich aufwärtsgehen? Er kann sich auf nichts konzentrieren, bevor er mit Anette gesprochen hat. Unruhig wandert er um sein kleines Anwesen, schaut in sein Schaufenster und überlegt, welches der Stücke er nach Hamburg schicken könnte. Er ist sich nicht sicher. Da wird die Kunstexpertin nächste Woche noch ein Wörtchen mitreden. Und noch etwas anderes geht in seinem Kopf herum. Anette hat sich nie beklagt, ohne Trauschein mit ihm zusammenzuleben. Aber nun hat Jonatan das Gefühl, dass es langsam Zeit wird zu heiraten.

»Endlich bist du da, Liebling. Ich hab schon auf dich gewartet.« Jonatan öffnet die Tür von Anettes Auto und lässt sie aussteigen.

»Nanu, was ist passiert, Jonatan? So aufgeregt hab ich dich ja noch nie erlebt. Ohne Arbeitskluft und ohne Werkzeug in der Hand? Da muss ja wohl etwas Wichtiges geschehen sein.«

»Nun lass dich erst mal umarmen und küssen, dann erzähl ich dir die ganze Geschichte.«

Mit einem kühlen Getränk machen sie es sich auf der Bank vor dem Haus bequem. »So, nun leg schon los«, fordert Anette und stupst ihn an, »und spann mich nicht weiter auf die Folter.«

Jonatan überlegt, wie er anfangen soll, doch dann sprudelt es nur so aus ihm heraus.

»Frau Schrader hat vorhin angerufen und mir mitgeteilt, dass sie für mich eine Ausstellung in Hamburg organisiert hat. Man glaubt ja gar nicht, was die Frau für einen Einfluss hat. Es ist wirklich ein glücklicher Zufall, sie zu kennen.«

Anette stimmt zu. »Ja, Gunda hat Kunstverstand und auch noch das nötige Geld, um etwas zu bewirken. Außerdem ist sie eine sehr nette Person.«

»Im Herbst soll es in einer Galerie in Hamburg

am Jungfernstieg losgehen. Neben zwei anderen Künstlerinnen, einer Malerin und einer Töpferin, werde ich meine Werke ausstellen.«

»Und nun hoffst du natürlich, endlich mit deiner Kunst Geld zu verdienen, damit ich dich nicht mehr unterstützen muss. Du würdest natürlich aushalten dazu sagen.« Anette lacht laut los.

»Du hast den Nagel auf den Kopf getroffen.« Nun müssen sie beide lachen.

Doch dann wird er ganz ernst. »Mein liebster Schatz, du bist nun schon so viele Jahre an meiner Seite, ich liebe dich so sehr und ich wüsste nicht, was ich ohne dich machen sollte. Du bist immer für mich da, unterstützt mich bei allem, was ich mir vornehme. Ich finde, so kann es nicht weitergehen. Ich möchte mehr Verantwortung übernehmen.«

Anette glaubt nicht, was sie hört. »Hast du mir gerade einen Heiratsantrag gemacht? Ach, Jonatan, wir waren uns doch einig, dass wir das nicht brauchen. Wir sind doch auch so glücklich und zufrieden.«

»Das stimmt, aber ich möchte dir mehr Sicherheit geben. Man weiß doch nie, was passiert. Gerade jetzt, wo ich öfter unterwegs sein werde. Aber nicht nur darum, sondern ich möchte, dass wir eine richtige Familie sind. Bitte, bitte, sag Ja!«

Obwohl Anette ein wenig irritiert ist, überkommt sie ein großes Glücksgefühl. Sie kann gar nicht anders, als selig zuzustimmen. »Und was ist mit Kindern?«, fragt sie. »Wollen wir welche?«

»Ach, das wäre zu schön, meinetwegen eine ganze Fußballmannschaft.«

*

Gunda Schrader ist jedes Mal, wenn sie Jonatans Arbeiten sieht, begeistert. Mit Freude und Sachverstand suchen sie gemeinsam die besten Exponate für die Ausstellung aus. Kunstwerke aus Treibholz, die einen rustikalen Charakter haben, oder im Gegensatz dazu elegante kleine Möbelstücke aus edlem Holz. Sie wählen besondere Stücke aus, die die Vielfalt seiner Kunst ausdrücken.

»Wunderbar, dieser Wicht mit dem Greisengesicht muss unbedingt noch mit. Wie ist der denn entstanden?«

»Der war schon vom Meer modelliert, als ich ihn gefunden habe. Manchmal muss man ein Stück eben nur noch vollenden.«

Sie besprechen den Transport, denn niemand möchte, dass etwas beschädigt wird.

Jonatan rechnet schon mit etwas mehr Aufmerksamkeit als in seiner Werkstatt. Nie in seinem Leben hätte er gedacht, in einer Großstadt auszustellen.

Der Galerist Ivan Prangel, ein Mann mittleren Alters, hat sich inzwischen einen Namen in der Kunstwelt gemacht. Seine Galerie direkt im Herzen Hamburgs ist über die Stadtgrenzen hinaus bekannt. Er gibt auch gern unbekannten Künstlern die Chance, bei ihm auszustellen. Gunda Schrader kennt er schon etliche Jahre, und ihren Sachverstand weiß er sehr zu schätzen. Deshalb ist er nun auch sehr gespannt auf die Werke eines gewissen Jonatan Endrokat.

Die Begegnung der beiden Männer ein paar Tage später fällt auf fruchtbaren Boden. Die ersten Exponate sind eingetroffen, und Ivan Prangel geht es genau wie Gunda Schrader. Er ist erstaunt über die Vielfalt der Stücke und begeistert von der Besonderheit. Im Zusammenspiel mit den anderen Künstlerinnen gibt es bei dieser Ausstellung viel Unterschiedliches zu sehen.

Bei der Eröffnung der Vernissage darf die Presse natürlich nicht fehlen. Jonatan und die beiden anderen Künstlerinnen werden fotografiert und interviewt. Die Damen sind schon etwas geübter im Umgang mit den Journalisten und heben ihre Werke so gut es geht hervor. Damit hat Jonatan noch keine Erfahrung und tut sich entspechend schwer. Aber wofür hat er denn Gunda Schrader, die stellt sich vors Mikrofon und lobt seine Arbeiten in den höchsten Tönen. »Schauen Sie sich die Werke von Herrn Endrokat mal an, dann werden Sie genau wie ich feststellen, dass hier ein großer Künstler vor ihnen steht.« Nicht wenige Interessierte besuchen diese Ausstellung, und ab und zu geht ein Raunen durch den Raum, wenn etwas entdeckt wird, was besonders anspricht.

Wie Gunda es erwartet hat, gelingt Jonatan der Durchbruch zu einem bekannten Bildhauer und Kunsttischler. Alle Welt berichtet von der Ausstellung, die ein großer Erfolg wird.

Freundinnen für immer

Nun ist es mal wieder Zeit, die Freundschaft zu festigen. Und es ist Anette nach vielen Telefongesprächen endlich gelungen, einen Termin für ihr Treffen abzumachen. Wie immer wohnen sie natürlich in dem Hotel direkt am Meer.

Ach, es gibt ja so viel zu berichten. Vera hat gerade ihren Lieblingsmenschen geheiratet und strahlt nur so vor Glück. Linda ist schwanger und trägt stolz ihre kleine Kugel vor sich her. Anette überlegt, ob sie den beiden auch von ihrer Schwangerschaft erzählen soll. Doch sie zögert, schließlich hat sie noch nicht mal mit Jonatan darüber gesprochen. Bisher hat sich noch keine Gelegenheit ergeben, weil der Künstler so beschäftigt ist. Mal ist er in Hamburg, dann wieder in Berlin, so zieht ihn seine Bekanntheit in die Welt der Kunst hinaus. Also hat es sich noch nicht ergeben, in Ruhe über diese wichtigen Dinge zu reden. Wann er wohl wieder in Schönsee arbeiten kann? Eins ist sicher, Nachschub muss her. Über Geld müssen sie nicht mehr reden, denn die Ausstellung in Hamburg war der Durchbruch. Seine Kunstwerke verkaufen sich hervorragend. Obwohl sie Jonatan den Erfolg von Herzen gönnt, fragt sie sich, ob sie so ein unstetes Leben führen möchte. Sie werden heiraten, damit sie als Frau abgesichert ist. Sie werden Kinder bekommen und eine richtige Familie sein, nur dass der Vater sehr oft unterwegs ist. Doch diese Gedanken verscheucht sie ganz schnell, denn sie kann sich wirklich keinen anderen Mann als Jonatan vorstellen. Sie ist selbstständig genug, auch mal allein zurechtzukommen. Es wird ein etwas anderes Leben sein als bisher, aber sie werden es irgendwie hinkriegen.

»He, Anette, du bist so still, hast du Probleme?« Die beiden Freundinnen schauen sie fragend und besorgt an.

»Probleme kann man es nicht unbedingt nennen. Es ist nur so, dass sich unser Leben im Augenblick total verändert. Linda, du hast ja bei der Ausstellung gesehen, wie die Kunstwerke angekommen sind. Jonatan ist auf einmal sehr gefragt und die Strandidylle Schönsee ist jetzt Nebensache. Damit muss ich erst mal klarkommen.«

»Ich kann das sehr gut nachvollziehen, nur im umgekehrten Fall. Bei uns ist Theo der ruhende Pol, und er hat von Anfang an den ganzen Stress mitgemacht und mich in allem unterstützt.«

Anette seufzt. »Ich werde das auch hinkriegen, obwohl die Ereignisse sich überstürzen.« Und jetzt kann sie doch nicht den Mund halten, denn wozu sind beste Freundinnen da? »Eigentlich wollte ich es noch für mich behalten, aber warum soll ich es euch nicht erzählen? Ich bin im dritten Monat schwanger und Jonatan weiß es noch nicht.« Ein paar dicke Tränen kullern ihr aus den Augen und sie schluchzt. »Ich möchte mal wissen, wieso ich jetzt heulen muss, denn ich freue mich so aufs Baby. Aber es ist gerade etwas viel.«

Vera und Linda nehmen sie nacheinander in den Arm.

»Es ist so schön, euch zu haben«, schnieft Anette.

»Als ich mich morgens beim Zähneputzen übergeben musste«, erzählt Linda, »war es für mich klar, schwanger zu sein. Theo war ausnahmsweise auf einem Lehrgang, weshalb ich es ihm auch nicht sofort erzählen konnte. Ich hatte also Zeit, erst mal darüber nachzudenken, was ich selbst davon halte. Aber dann überkam mich so ein wunderbares Gefühl der Freude und Dankbarkeit, dass ich es kaum beschreiben kann.«

»Das geht mir ja genauso, Linda. Ich bin nur traurig, weil ich es ihm noch nicht sagen konnte.«

Vera überlegt. »Jetzt müsste nur noch ich ein Kind bekommen, dann säßen wir alle im gleichen Boot.«

Sie schaut Linda und Anette eindringlich an und dabei platzt der Knoten. Sie müssen so lachen, dass ihnen die Tränen kommen und andere Gäste schon neugierig zu ihnen herüberschauen.

Der Abend ist noch jung und sie haben sich so viel zu erzählen. Wie immer wird es spät bei ihrem Treffen, also schlafen sie am nächsten Tag erst mal aus.

Nach einem ausgiebigen Frühstück und einem schönen Strandspaziergang, wobei sie auch an der kleinen Kate vorbeischlendern, geht es am späten Nachmittag wieder in Richtung Hamburg und Bremen. Nur Anette bleibt hier in ihrer Strandidylle.

Wieder zu Hause

Jonatan ist noch immer etwas ungläubig, was seinen Erfolg angeht, aber doch bodenständig genug, zu wissen, wem er seine Fähigkeiten verdankt. Was wäre ohne seinen väterlichen Lehrherrn aus ihm geworden? Xaver hat ihm beigebracht, wie er seine Ideen zu Kunstwerken verwirklicht, denn ohne ein solides Handwerk zu beherrschen, wäre es nicht möglich, Skulpturen oder edle Möbelstücke zu modellieren.

Langsam tritt wieder Ruhe in sein Leben ein. Hier am Strand in seiner Kate und dieser wunderbaren maritimen Umgebung atmet er anders. Hier ist er der Mensch, der er sein will. Naturverbunden und mit der Frau an seiner Seite, die er über alles liebt. Natürlich wird er auch weiterhin seine Werke in Großstädten ausstellen, aber er weiß, wo er hingehört.

Zum Arbeiten in seiner Werkstatt braucht er neues Material, das er jetzt jederzeit in guter Qualität ordern kann, denn er muss nicht mehr auf den Pfennig schauen. Andererseits liefert das Meer Treibholz in unterschiedlicher Güte, teilweise schon wegweisend vorgearbeitet wie bei dem Wichtel mit dem Greisengesicht.

Er ist dank Gunda Schrader in einer komfortablen Lage, aber auch selbstbewusst genug, sich als Künstler zu sehen. Jonatan ist sich keineswegs zu schade, auch mal im Haushalt mitzuhelfen, wenn es seine Zeit erlaubt. Anette ist schwanger und auch wenn sie immer betont, dass das keine Krankheit ist, freut sie sich über seine Hilfe. Er muss schmunzeln, wenn er daran denkt, wie sie ihm erzählt hat, dass sie ein Kind bekommen.

Er ist gerade aus Hamburg von seiner Ausstellung heimgekehrt. Anette war noch bei ihrer Arbeit in Oldenburg, und Jonatan betrat sein Haus. Die Vorfreude übermannte ihn. Er konnte es kaum erwarten, seine geliebte Frau in den Arm zu nehmen. Er stellte die Tasche ab, zog seine Schuhe aus und ging an den Strand. Es war Spätsommer und Urlauber waren nur noch vereinzelt zu sehen. Die See war glatt und der Horizont weit. Wie ein großer weißer Vogel glitt ein Segelboot in der Ferne vorbei. Die Möwen kreischten zur Begrüßung, die klare frische Luft, der fast wolkenlose Himmel und der weiße Sandstrand unter seinen nackten Füßen verstärkten das Gefühl, daheim zu sein, und ließen ihn tief durchatmen. Er setzte sich auf die Düne und hing seinen Gedanken nach, dabei vergaß er Zeit und Raum.

»Hallo, Jonatan! Hab ich mir doch gedacht, dass du hier bist!« Anette kam außer Atem angestürmt. »Mein Liebling, ich habe dich ja so vermisst!«

Jonatan fing sie auf. »Endlich kann ich dich

wieder in den Arm nehmen. Lass dich küssen.«
Glücklich schmiegten sie sich aneinander.

»Eigentlich wollte ich es dir bei einem besonderen Anlass erzählen, aber ich glaube, hier auf deiner Düne, wo wir uns damals zufällig getroffen haben, ist genau der richtige Ort dafür.«

»Du machst mich neugierig.«

Sie nahm seine Hand und legte sie auf ihren noch flachen Bauch. »Jonatan, ich bin schwanger! Wir werden Eltern!«

»Ist das wahr? Das ist ja wunderbar, du machst mich zu einem noch glücklicheren Menschen.«

Wie alle werdenden Väter ist er auf einmal sehr besorgt um sie und möchte ihr am liebsten alles aus der Hand nehmen. »Lass mich das mal machen, das ist zu schwer für dich in deinem Zustand.«

Anette lacht. »Es ist nichts Besonderes, schwanger zu sein, und solange ich mich wohlfühle, mache ich alles so wie immer. Ist das klar?«

Er nickt.

Der Alltag geht seinen gewohnten Weg. Anette ist in ihrer Spedition und Jonatan bei seiner Arbeit in der Werkstatt. Viele schöne Dinge entstehen erst in seiner Fantasie, später in der Realität. Inspiriert von dem Gedanken, Vater zu werden, entstehen Kunstwerke wie *Mutter und Kind* oder *Der Junge und das Meer*, obwohl er noch nicht mal weiß, ob es ein Junge oder ein Mädchen wird. Anette ist entzückt von seinen Ideen. Inzwischen lässt sich ihre Schwangerschaft nicht mehr leugnen. Sie genießt diese Zeit und ist beglückt, Bewegungen zu spüren, die meistens am intensivsten sind, wenn sie zur Ruhe kommt.

Sie muss auf einmal lächeln, als sie daran denkt, wie ihre Mutter reagiert hat, als sie ihr von den Hochzeitsplänen erzählt hat. Da hat sie schon angenommen, dass sie Großmutter wird. »Bist du schwanger? Und jetzt müsst ihr heiraten, oder?«

»Nein, nein Mama, wir haben bewiesen, dass man auch ohne Trauschein glücklich sein kann. Wir wollen eine Ehe eingehen, auch wegen der Sicherheit für mich, wenn Jonatan mal etwas passieren sollte, zumal er doch jetzt oft unterwegs ist. Natürlich sind Kinder erwünscht, aber noch bin ich nicht schwanger.«

»Ach, Anette, ich hab das nicht böse gemeint, ich freu mich doch für euch.«

Und nun ist ihre Mutter selig, endlich bald Großmutter sein zu dürfen, und Anton ist von dem Gedanken, Onkel zu werden, geradezu begeistert. »Er wird Bauer, das weiß ich jetzt schon!«

»Nun warte doch erst mal ab, vielleicht wird's ja ein Mädchen. Soll die dann auch Bäuerin werden?«

»Hm, warum eigentlich nicht? Egal, ich kann jede Hilfe gebrauchen.«

»Du bist mir einer!« Sie müssen lachen.

Der schlechte Mensch

Gerhard Hollmer ist in Gedanken. Was Jonatan Endrokat ihm erzählt hat, hallt nach. Könnte es sein, dass dieser Unmensch vor zwanzig Jahren Jonatans Mutter umgebracht hat? Er muss noch mal mit ihm reden, denn es ist nicht ganz unwichtig, wie sie ausgesehen hat. Vielleicht hat er sogar noch ein Foto von ihr, das wäre eine Hilfe, um den Verbrecher zu überrumpeln. Oder er malt ein Bild von ihr, er ist ja Künstler.

Bis jetzt hat Ewald Kordes alles, was man ihm vorwirft, geleugnet, aber der Kommissar ist sich sicher, ihn überführen zu können. Alle misshandelten Frauen haben von seinen stechend schwarzen Augen gesprochen, und die kann er jetzt nicht mehr hinter einer Sonnenbrille verstecken. Haare kann man färben und unterschiedlich kurz oder lang tragen, aber Augen sind ein unwiderrufliches Merkmal. Nicht zu vergessen das sorgfältig gefaltete Kaugummipapier, das an fast jedem Tatort gefunden wurde.

Gerhard Hollmer wird versuchen, einige der misshandelten Frauen für eine Gegenüberstellung zu gewinnen. Dabei denkt er hauptsächlich an Frauke Hansen, die inzwischen wieder vollständig genesen ist und sofort zugesagt hat, ihm zu helfen.

Sie kann zwar immer noch nicht den Ekel überwinden, wenn sie an die Vergewaltigung denkt, aber sie ist sich sicher, dass so ein Verbrecher für diese Untaten büßen muss und hinter Gitter gehört. Und wenn sie etwas dazu beitragen kann, will sie es tun.

Hollmer hat drei Frauen dazu überreden können, bei einer Gegenüberstellung dabei zu sein. Er musste ihnen versichern, dass nur sie den mutmaßlichen Täter durch eine Glasscheibe sehen können, umgekehrt er sie aber nicht.

Vier ähnlich große Männer, die ungefähr in einem Alter wie Ewald Kordes sind, haben sich mit ihm in einer Reihe aufgestellt. Ewald steht mit niedergeschlagenen Augen da. Die erste Zeugin kann ihn nicht eindeutig erkennen, obwohl die Männer aufgefordert werden, offen geradeaus zu schauen. Dabei macht Ewald sich noch mehr verdächtig, denn er kneift seine Augen zusammen. Alle Männer müssen einen bestimmten Satz sagen, diesen zynischen Satz, der sich bei seinen Opfern für ein Leben eingebrannt hat.

Das hat dir doch auch Spaß gemacht, was?

»Schauen Sie sich die Männer in Ruhe an, erkennen Sie den Täter? Sie brauchen keine Angst zu haben, er kann Ihnen nichts mehr tun.« Der Kommissar versucht, die Zeugin zu beruhigen.

Die ist jedoch so aufgeregt und zittrig, dass sie

kaum in der Lage ist, eine vernünftige Aussage zu machen. »Nein, ich kenne keinen von den Männern.«

»Sollen sie den Satz noch mal sagen?«

»Nein, bloß nicht!«

»Gut, dann sind Sie jetzt fertig und können wieder gehen.« Gerhard Hollmer versucht, seine Enttäuschung zu verbergen, und hofft auf die beiden anderen Frauen. Er ist verblüfft über die Ähnlichkeit der Opfer. Sie könnten Schwestern sein. Alle haben blonde Haare, sind schlank und relativ jung.

Einzeln werden sie nacheinander an die Glasscheibe geführt. Die zweite Zeugin wird stutzig, denn nur einer betont den Satz so wie der Mann, der sie in ihrer Gewalt hatte. Obwohl Ewald seine Stimme verstellt, fällt ihr der leichte Dialekt auf. Auch an seine auffälligen Augen kann sie sich erinnern. Hollmer ist erleichtert, zumal er außerdem auf Frauke Hansen setzt, die sich noch gut an einige Details erinnern kann. Und tatsächlich, als sie vor der Scheibe steht, hat sie das Gefühl, ihrem Vergewaltiger direkt ins Auge zu sehen. Als dann noch der Satz gesprochen wird, ist sie sich sicher, den Täter vor sich zu haben. Sie zeigt auf Ewald Kordes. »Herr Hollmer, ich bin mir sicher, das ist er!«

Der Kommissar ist erleichtert. Er wird sich Ewald Kordes vornehmen, der sich nun nicht mehr herausreden kann, nachdem er eindeutig identifiziert wurde, aber zuerst will er mit Jonatan sprechen.

»Herr Endrokat, ich möchte noch mal auf unser Gespräch von neulich zurückkommen.« Gerhard Hollmer ist extra nach Schönsee gefahren. Sie sitzen wieder auf der Bank vor dem Häuschen. »Es geht um Ihre Mutter. Alle geschädigten Frauen sind groß, schlank und blond. Mich würde nun mal interessieren, wie Ihre Mutter ausgesehen hat.«

Jonatan hat sie sofort vor Augen. »Sie war wunderschön. Groß, schlank, blond und immer traurig.«

»Haben Sie vielleicht noch ein Bild von ihr?«

»Leider nein, ich bin damals ja Hals über Kopf abgehauen und habe nur meinen Ausweis mitgenommen. Zehn Jahre später war alles leer geräumt. Es ist so schade, dass ich nicht ein einziges Bild von ihr habe.«

»Ich habe eine Idee. Könnten Sie nicht versuchen, Ihre Mutter zu malen? Sie sind doch Künstler. Ich könnte den Täter damit konfrontieren und ihn aus der Reserve locken.«

»Das werde ich auf jeden Fall versuchen. Ich bin zwar kein Maler, aber vielleicht bekomme ich das hin.«

»Werden Sie mich informieren, wenn Sie es geschafft haben? Ich glaube nämlich, dass ich den Verdächtigen damit überrumpeln kann.«

»Ich fange sofort an. Morgen werde ich zu Ihnen nach Kiel fahren, hoffentlich mit einem Bild, auf dem meine Mutter gut zu erkennen ist.«

Gerhard Hollmer erhebt sich. »Dann bis morgen.«

Sofort holt Jonatan Papier und Stifte – Arbeitsmaterial, das er auch oft für seine Kunstwerke benötigt, und macht eilige Skizzen. Er ist erstaunt, wie leicht es ihm fällt, Personen abzubilden. Anette, Linda, Vera, Gunda, alle möglichen Frauen aus seiner Nähe entstehen in aller Eile, bloß seine Mutter aus der Erinnerung so wiederzugeben, wie sie damals ausgesehen hat, ist nicht so einfach. Blatt für Blatt wird so bemalt, bis auf einmal ein Stich durch sein Herz geht. Seine Mutter schaut ihm direkt in die Augen. Die blonden Haare, geflochten und aufgesteckt, die feine Nase, der geschwungene Mund und die blauen Augen, besser kann man sie nicht darstellen. Es kommt ihm vor, als wäre sie auferstanden.

Mit diesem Bild erscheint Jonatan am nächsten Tag bei Gerhard Hollmer in Kiel auf dem Kriminalamt.

*

Hollmer ist erstaunt über die Ähnlichkeit, die Jonatans Mutter mit den anderen Frauen hat. Sie passt genau in das Schema, wobei der einzige Unterschied die Frisur darstellt. Er bittet Jonatan, sich den Kriminellen durch eine Scheibe anzusehen. Ewald sitzt zusammengesunken auf dem Stuhl, erst ohne und auf Aufforderung mit Sonnenbrille.

Jonatan versucht, sich zu erinnern, wie der Mann damals in der Bushaltestelle aussah, er muss ja mindestens zwanzig Jahre jünger gewesen sein. Ähnlichkeit ist vorhanden, aber mit Sicherheit kann er nicht sagen, ob er es war. »Tut mir leid. Ich bin mir nicht sicher, es ist schon so lange her.«

Hollmer ist trotzdem zufrieden. Er kann versuchen, Ewald Kordes mit dem Bild aus der Reserve zu locken. »Vielen Dank, Herr Endrokat, Sie haben mir sehr geholfen.«

»Werden Sie mich informieren, wenn Sie den Verdächtigen überführt haben?«

»Das wird mir ein Vergnügen sein! Grüßen Sie Ihre mutige Frau herzlich von mir.«

Ewald Kordes wird erneut von dem Kommissar vernommen. Sie sitzen sich an dem großen Vernehmungstisch gegenüber und Gerhard Hollmer spürt die Unruhe des Verdächtigen. Wie immer versucht er, seinen Blick zu senken, denn er weiß, wie seine schwarzen Augen auf andere wirken.

»Bis jetzt haben Sie ja sämtliche Vorwürfe abgestritten, aber zwei Zeuginnen haben Sie eindeutig wiedererkannt. Und nun schauen Sie sich mal dieses Bild an. Erkennen Sie die Frau wieder?« Der Kommissar bemerkt ein nervöses Zucken im Gesicht seines Gegenübers und hakt nach. »Nun geben Sie schon zu, dass Sie die Person kennen. Was haben Sie ihr angetan? Haben Sie sie vor zwanzig Jahren zufällig wiedergetroffen und sind

Ihr ins Haus gefolgt? Haben sie mit einem Kissen erstickt und mit einer Decke zugedeckt, damit es so aussieht, als ob sie schläft?«

Ewald Kordes wird immer unruhiger und rutscht auf seinem Stuhl hin und her. Niemals hätte er gedacht, dass ihm jemand auf die Schliche kommt, und dass der Kommissar es so darstellt, als wäre er dabei gewesen, zeigt ihm seine Ausweglosigkeit. Es wird Zeit für ein ausführliches Geständnis.

Großmütter

Karla Simoneit und Minna Bessen, die beiden alten Damen, sitzen in der warmen Küche bei Kaffee und Kuchen und unterhalten sich. Seit Karla mit ihren Töchtern nach der Flucht bei der Bauernfamilie untergekommen ist, hat sich eine nette Freundschaft zwischen den Frauen entwickelt, die sich noch vertieft hat, als damals Heinz verunglückt ist und Karla immer für Minna da war, wenn es gar nicht mehr ging. Sie übernahm einfach die Arbeit, die Minna vor Trauer nicht bewältigen konnte.

Umgekehrt wurde es Minna nie zu viel, Karla bei der Pflege ihrer todkranken Tochter Frieda zu unterstützen. Hilfe und Trost zu geben, wenn es gar zu schlimm war, besonders nachdem Linda nach der Beerdigung wieder nach Hamburg fahren musste, weil sie ihrem Unternehmen nicht noch länger fernbleiben konnte. So ist die Freundschaft der beiden Frauen noch inniger geworden.

Und jetzt werden sie auch noch fast zeitgleich Großmütter. »Karla, nun erzähl doch mal, wann ist es bei Linda so weit?«

»Ganz genau weiß man es ja nie, aber sie rechnen damit, dass es in zwei Wochen losgeht.«

»Und sind sie gut darauf vorbereitet? Haben sie

schon eine Babyausstattung und was man sonst so braucht?«

»Klar, du kennst Theo nicht. Er ist schon ganz aus dem Häuschen. Ein Organisator wie er hat natürlich schon alles beisammen. Linda kann sich auf ihn verlassen, denn sie hat ja nicht ganz so viel Zeit.«

Minna muss schmunzeln. »Aber bei der Geburt ist sie doch dabei, oder?«

Jetzt lächelt Karla auch. »Das sollte man annehmen. Und Anette? Wie weit ist sie?«

»Sie hat noch drei Monate Zeit. Aber sie und Jonatan haben auch schon alles, was man für so ein kleines Wesen braucht. Ich hab das Gefühl, sie können es gar nicht erwarten. Und dann gibt es ja auch noch einen Onkel, der sich fast so aufspielt, als wäre es sein Kind.«

»Meinst du deinen Sohn?«

»Genau, Anton freut sich wie ein Schneekönig.«

»Will er nicht bald mal heiraten, er ist doch schon ewig mit seiner Freundin zusammen.«

»Nee, der ist stur, und ich will ihm da nicht reinreden, obwohl ich es schön finden würde, wenn sie ihr Zusammenleben endlich amtlich machen würden. Ich hätte auch nichts gegen mehrere Enkelkinder, und zwar bald.«

»Ja, das kann ich verstehen, man will sich ja auch noch um die Kleinen kümmern können. Sich an ihnen erfreuen und alle Phasen bewusst miterleben und nicht schon mit dem Kopf wackeln.«

»Genauso sehe ich das auch.«

*

Bei Linda und Theo sieht es aus wie bei einem Babyausstatter. Sie haben im Wohnzimmer eine Ecke für das Kind eingerichtet. Eigentlich ist diese Wohnung nicht groß genug für eine Familie, aber in der Not ist Platz in der kleinsten Hütte. Theo musste die Suche nach einer größeren Wohnung abbrechen, weil er eingesehen hat, dass ein Umzug während der Schwangerschaft und bei der Arbeit, die Linda noch zu bewältigen hat, nicht möglich ist. Und wenn er ehrlich ist, hat er auch keine Wohnung gefunden, die seinen Ansprüchen gerecht wird. Fürs Erste behelfen sie sich also so.

Das Babybettchen, eine Wickelkommode und ein kleines Schränkchen mit allem, was man für ein Neugeborenes benötigt, stehen in der hellsten Ecke des Wohnzimmers. Ein Mobile und einige Babyspielsachen vervollständigen das Kinderparadies.

Gegen Ende der Schwangerschaft ist die Aufregung nun doch etwas größer geworden. Schließlich kann es jeden Moment losgehen. Linda, rund und sehr bewegungseingeschränkt, mag jetzt auch nicht mehr länger warten. Alles, was vorbereitet werden musste, ist organisiert, damit sie sich zunächst in Ruhe dem Kind widmen können. Theo hat schon für die erste Zeit Urlaub eingereicht und Großmutter Karla wird, wenn es so weit ist, bei Tante Berta einquartiert.

Auf einmal kann es nicht schnell genug gehen, denn die Wehen setzen ein und kommen in regelmäßigen Abständen. Eilig wird die schon vor Wochen gepackte Tasche geschnappt und ab geht's in die Klinik. Theo ist aufgeregter als Linda, als er mit ihr durch den Feierabendverkehr ins Krankenhaus fährt. An gefühlt jeder Ampel muss er anhalten, und langsam steht ihm der Schweiß auf der Stirn, zumal Linda ab und zu ein leises Stöhnen von sich gibt. Endlich erreichen sie die Klinik, gerade noch rechtzeitig.

Im Kreißsaal wartet schon ihre Hebamme, die beruhigend auf Linda einspricht. »Es sieht alles sehr gut aus. Das Kind liegt richtig und der Muttermund ist schon weit geöffnet. Ich glaube, es wird jetzt ganz schnell gehen.«

Und sie hat recht. Nach einigen sehr schmerzhaften Presswehen ist das Kind da. Kräftiges unwilliges Schreien des neuen Erdenbürgers dringt an Lindas Ohr.

»Na, Frau Harder«, sagt die Hebamme, »was haben Sie sich denn gewünscht? Einen Jungen oder ein Mädchen?«

»Hauptsache, das Baby ist gesund.«

»O ja, das ist es, Sie haben einen kräftigen, gesunden Jungen zur Welt gebracht. Herzlichen Glückwunsch.«

Damit legt sie Linda das kleine warme Wesen auf die Brust. Ein glückliches mütterliches Gefühl durchströmt ihren Körper und die unendliche Verbundenheit lässt allen Schmerz vergessen.

Sie kann es kaum erwarten, Theo ihren Sohn zu präsentieren. Da braucht sie nicht lange zu warten, denn kaum ist sie auf ihrem Zimmer, stürmt Theo auch schon aufgeregt herein, einen Blumenstrauß in der Hand. »Nicht so wild, Schatz, dein kleiner Sohn schläft, wecke ihn nicht auf.«

»Meine geliebte Linda, du hast mich zum glücklichsten Menschen gemacht. Du hast mir ein Kind geschenkt, und wie hübsch er ist, der Kleine.« Er nimmt dieses kleine Bündel auf den Arm und schließt seinen Sohn für immer in sein Herz. »Wissen wir eigentlich schon, wie er heißen soll?«

»Wenn es ein Mädchen wäre, würde ich es Frieda nennen. Welchen Namen findest du denn schön?«

»Ich finde, man sollte ihm einen Namen geben, der nicht familiär belastet ist und uns nicht an bestimmte Leute erinnert. Er ist ein ganz individueller Mensch und ich mag den Namen Tobias. Tobias Harder!«

»Dann gib mir doch mal meinen kleinen Tobias wieder, du hast ihn jetzt lange genug gehabt.«

Aufregende Tage folgen, als Theo sie nach einer Woche nach Hause holt. Jetzt müssen sie sich erst mal an das neue Familienmitglied gewöhnen. Obwohl es ein ruhiges Baby ist, sind sie von morgens bis abends damit beschäftigt, es zu versorgen. Sie können nur froh sein, dass das kleine Wesen die Nacht Ruhe gibt. Aber Theo schleicht trotzdem hin und wieder zu seinem Bettchen und vergewissert sich, dass sein Sohn auch schläft. Er kann die Gefühle nicht beschreiben, wenn er den kleinen schlafenden Menschen betrachtet: das niedliche Gesichtchen und die perfekten, zur Faust geballten Händchen.

Besuch auf dem Gut

Vera geht wie immer in ihrer Arbeit auf. Sie wohnt wie besprochen überwiegend in der kleinen Wohnung, die sie von Frau Andersen übernommen hat. Da hat sie nur ein paar Minuten Fußweg zum Salon. Verheiratet zu sein, hat nichts an ihrer Lebensart geändert. Fred lässt ihr nach wie vor freie Hand. Wenn sie ihre Abrechnungen macht oder Bestellungen aufgibt, kann sie uneingeschränkt zu Hause arbeiten. Das ist meistens montags, manchmal auch abends der Fall, wenn ihr Geschäft geschlossen ist. Ansonsten genießen sie jede freie Minute, die sie zusammen verbringen können.

Seit Vera das letzte Mal in Schönsee war, hat sie noch oft über ihre Beziehung zu ihrem verstorbenen Vater nachgedacht. Eigentlich konnte man es nicht Beziehung nennen, denn dazu gehören ja zwei. Erst als er im Sterben lag, hat er ihr seine Zuneigung gezeigt. Tränen brennen ihr in den Augen. Warum? Warum? Warum? Sie kann es immer noch nicht verstehen. Darüber muss sie unbedingt noch mal mit Bruno reden. Vielleicht hat er eine Erklärung dafür.

Vera ist gerade mit den Abrechnungen fertig und bleibt am Schreibtisch sitzen, wobei sie ein wenig ins Grübeln geraten ist. Seit eine ihrer besten Freundinnen Mutter geworden und die andere schwanger ist, überlegt sie, ob sie sich das auch wünschen würde. Könnte sie auch mit Kind den Salon führen? Wahrscheinlich würde es mit viel Planung und Unterstützung einer Tagesmutter gehen. So viel Aufwand für ein gemeinsames Kind, dabei sind sie doch auch so glücklich. Auch darüber muss sie nachdenken.

Sie haben noch nie über ein gemeinsames Kind gesprochen. Und wenn sie ehrlich ist, hat sie auch Respekt davor, mit Fred darüber zu reden. Sie möchte auf keinen Fall alte Wunden aufreißen.

»Hallo, Liebling, ich bin wieder da.« Fred kommt hereingestürmt und stutzt. »Was ist los, mein schöner Paradiesvogel? Warum bist du so traurig?«

»Ach, ich weiß auch nicht. Ich musste über so vieles nachdenken. Hauptsächlich über meinen Vater, der immer seltener mit mir gesprochen hat, je älter ich wurde. Und ich weiß bis heute nicht, warum.« Vera kommen schon wieder die Tränen.

Fred nimmt sie in den Arm und versucht, sie zu trösten. »Er hat es sicher nicht bewusst gemacht. Wahrscheinlich fühlte er sich überfordert mit einer so selbstbewussten Tochter. Außerdem gehörte er zu der Generation, die sowieso nicht über Gefühle sprechen konnte. Darunter hat sicher auch deine Mutter gelitten.«

»Ja, das kann ich mir auch gut vorstellen.«

Und was Fred jetzt von sich gibt, kann sie kaum

glauben. »Da gibt es für uns nur eins: Wir müssen Eltern werden. Wir machen es besser, auch wenn wir wahrscheinlich oft vor schwierige Situationen gestellt werden.«

»Was hast du da eben gesagt? Du möchtest Kinder haben?«

»Natürlich, aber nur wenn du es auch willst.«

»Und ich hatte Angst, mit dir darüber zu reden.« Nun ist sie richtig aufgeregt. »O Fred, ich schenke dir die schönsten Kinder der Welt!«

»Nun mal langsam, ich glaube, dafür muss man erst mal schwanger werden, oder?« Er lacht in sich hinein.

*

»Bruno, hör mal. Ist es möglich, dass Fred und ich euch am Wochenende besuchen? Ich möchte ihm endlich zeigen, wo ich aufgewachsen bin. Bis jetzt hat es sich ja nie ergeben, dass er mitgekommen ist.« Vera ist ein wenig aufgeregt, als sie ihren Bruder am Telefon erwischt.

»Was denkst du denn, Schwesterlein? Meinst du, du darfst deinen Mann nicht mitbringen? Ihr seid jederzeit willkommen, und wie ich unsere Mutter kenne, wird sie sich auch sehr auf euch freuen.«

»Dann bis Sonnabend.«

Bruno ist ein wenig irritiert, aber er weiß auch, dass er zuerst etwas zurückhaltend war, was seinen Schwager betrifft. Vielleicht ergibt sich ja bei diesem Treffen ein klärendes Gespräch unter Männern.

Vera ist gar nicht so zuversichtlich, wenn sie an ihre beengten Wohnverhältnisse denkt.

Maria Sievers ist freudig erregt, als Vera und Fred endlich mit ihrem Kleinwagen auf dem Gut ankommen. Sie hat ihren Schwiegersohn ja sowieso vom ersten Augenblick an in ihr Herz geschlossen. Es war Bruno, der ihn anfangs skeptisch beäugt und ihm keine guten Absichten unterstellt hat.

Fred zeigt kein Missfallen, als er in die kleine Wohnung kommt. Es ist eher so, dass er sich sofort wohlfühlt in dieser intimen Umgebung, in der Vera ihre Kindheit verbracht hat. Wie damals ihre Freundinnen, so erlebt er jetzt die heimelige Atmosphäre mit dem warmen Kachelofen und dem herrlichen Duft von frisch gebackenem Kuchen. »Maria, dein Kuchen schmeckt fantastisch.«

Vera ist erleichtert, als sie merkt, dass Fred sich hier wie zu Hause fühlt. »Ja, Mama, der Kuchen ist wie immer sehr lecker, nicht, Bruno?«

Ihr Bruder nickt ihr zu und brummt: »Kuchen backen kann sie.«

Vera muss so lachen, dass sie sich fast verschluckt. Das Eis ist gebrochen.

Bei einem Strandspaziergang lässt es sich gut unterhalten. Sie sind warm angezogen, denn es ist Ende Oktober schon recht kühl geworden. Der frische Wind pustet ihnen ins Gesicht, die schaumgekrönten Wellen laufen stetig am Ufer aus und wieder zurück. Das Meer zeigt sich unruhig und unnahbar in dunklen Farben. Am Himmel jagen weiße Wolkentürme und die blasse Sonne ist an diesem Tag ohne Wärme. Bruno und Fred gehen zusammen voraus und unterhalten sich angeregt, während Vera und Maria etwas langsamer folgen. Schließlich ist ihre Mutter nicht mehr die Jüngste und hat nach dem Tod ihres Mannes etwas abgebaut.

»Mama, gehen wir auch nicht zu schnell?«

»Nein, nein, Veralein, das Tempo ist gut.«

Vera fällt ein, dass sie noch mit Bruno über ihren Vater reden wollte. Oder sollte sie sich endlich damit abfinden und mit der Zeit gedanklich abschließen? Sie wird ihren Vater eben so in Erinnerung behalten, wie er war, als wortkargen Menschen, der ihr erst spät seine Liebe gezeigt hat.

Sie ist sich jedenfalls sicher, dass sie es ihren Kindern nie antun würde. Freds Vorhaben für die Zukunft, es einfach besser zu machen, ist der richtige Ansatz.

Das Wochenende ist schnell vorbei und während der Fahrt nach Bremen wird ausführlich über alles gesprochen. »Die Umgebung, in der du aufgewachsen bist, ist wunderschön. Die ländliche Gegend, der nahe Strand – einfach herrlich. Was für eine unbeschwerte Kindheit mit so viel Freiheit und Abenteuer konntest du erleben.«

»Ja, das stimmt!«

»Trotzdem kann ich nachvollziehen, dass du

nicht dortbleiben wolltest, die Enge zu Hause und die Stille, obwohl ich es bei euch gerade deshalb unheimlich gemütlich finde.«

»Du brauchtest ja auch nicht jahrelang so zu leben, aber ich will mich gar nicht beklagen, zumal ich mit Bruno immer Spaß hatte und meine Mutter meistens auch auf meiner Seite war. Nur meinen Vater, den konnte ich nicht knacken.«

»Und was hast du morgen an deinem freien Tag vor?«

»Na ja, du weißt doch, der Schreibkram bleibt immer an mir hängen, da muss ich noch ran, aber dann werde ich ein wenig bummeln gehen und vielleicht irgendwo einen Kaffee trinken.«

Fred schmunzelt. »Willst du wissen, was ich morgen mache?«

»Klar!«

»Ich werde erst mal schön ausschlafen, dann nehme ich mit meinem Paradiesvogel ein ordentliches Frühstück ein, und dann sehen wir mal.«

»Das ist ja eine Überraschung. Du hast dir freigenommen? Wunderbar!«

Schwangerschaft ist keine Krankheit

»Ich soll meine mutige Frau schön grüßen.«

»Na, dann kann ich mir schon denken, von wem. Danke. Wie war es in Kiel? Konnte Herr Hollmer mit deiner Zeichnung etwas anfangen?«

»Ich denke schon. Laut dem Kommissar passt meine Mutter genau in das Schema. Groß, schlank und blond, genau wie du. Ich mag gar nicht daran denken, was alles hätte passieren können, wenn sie den Kerl nicht erwischt hätten.«

»Na ja, etwas mulmig war mir ja auch dabei, aber es ist doch alles gut ausgegangen und sie haben wahrscheinlich einen Serientäter festgenommen.«

»Ich glaube auch, dass das der Richtige ist, obwohl ich ihn nicht identifizieren konnte. Der Mann, den ich in der Bushaltestelle gesehen habe, hatte einen Bart, dieser hier ist glatt rasiert, da hat auch die Sonnenbrille, die er aufsetzen musste, nichts genützt. Es ist doch zu lange her.«

»Du warst erst vierzehn, ein Kind. Wie sollst du dich da auch noch so genau erinnern?«

»Lassen wir mal Herrn Hollmer seine Arbeit machen. Der ist sich sogar ziemlich sicher, einen

Mörder dingfest gemacht zu haben.« Sie unterhalten sich noch eine Weile und gehen dann ins Haus.

Man kann es nicht leugnen, der Sommer ist vorbei. Die herbstliche Sonne lässt die bunten Blätter der Bäume leuchten, während die kunstvollen Spinnennetze noch feucht vom Morgentau wie tausend Edelsteine glitzern. Abends ist es schon empfindlich kühl, sodass man es sich schon mal am warmen Kachelofen gemütlich macht.

Unvermutet ziehen Stürme auf, die das Meer zu einem dunklen, unheimlichen Gebrodel werden lassen. Wolken jagen am Himmel und Schaumkronen tanzen auf den Wellen, die unermüdlich ans Ufer schlagen. Mutige Spaziergänger müssen zur Seite springen, um keine nassen Füße zu bekommen. Dies ist genau der Zeitpunkt, den Jonatan liebt. Sturmerprobt beäugt er alles, was das Meer in seinem Übermut auf den Strand wirft. Den Unrat sammelt er ein und entsorgt ihn. Die guten Fundstücke, besonders Treibholz, egal ob groß oder klein, schleppt er freudig in seine Werkstatt. Aus ihnen werden Kunstwerke, die das Meer schon vorgeformt hat.

Anette hat sich auf Bernstein spezialisiert. Man kann sie nach Stürmen am Strand beobachten, wie sie, immer den Blick auf den Boden gerichtet, mit einem Stock im angespülten Tang und Seegras herumstochert und nach dem Gold des Meeres Ausschau hält. Sie hat schon viele schöne Stücke entdeckt. Einen großen hellgelben Bernstein hat sie sich zu einem Ring einfassen lassen.

Inzwischen im sechsten Monat, ist Anettes Schwangerschaft nicht mehr zu übersehen, und ihre Mutter ist schon in Sorge, ob sie auch alles für die erste Zeit gut vorbereitet hat. »Habt ihr schon das Kinderzimmer eingerichtet? Braucht ihr noch etwas? Vielleicht kann ich es besorgen.«

»Mama, am besten wäre es, wenn du dir mal alles anguckst, damit du beruhigt bist.« Und tatsächlich. Was eher selten vorkommt, geschieht jetzt. Minna setzt sich in Bewegung und erscheint bei Anette am Strand. Es ist für sie nur ein kleiner Spaziergang vom Dorf hinunter zur Kate. Jonatan arbeitet in der Werkstatt, als seine Schwiegermutter um die Ecke kommt.

»Hallo, Mama, das ist ja mal eine Überraschung, da wird Anette sich aber freuen.«

Minna lacht. »Hoffentlich!«

»Ich glaube, deine Tochter hat heute zufällig einen Kuchen gebacken. Wusste sie, dass du kommst?«

»Wahrscheinlich hat sie es geahnt.«

Jonatan geht mit ihr ums Haus. »Schatz, deine Mutter ist da.«

Anette umarmt sie erfreut. »Schön, dass du da bist. Komm rein, ich hab schon auf dich gewartet. Der Tisch ist gedeckt und der Kaffee läuft durch. Jonatan, kommst du auch gleich?«

»Ich ziehe mich nur schnell um.«

Sie lassen sich den Kuchen schmecken. Minna ist jedes Mal erstaunt, wie gemütlich und trotzdem modern die beiden sich eingerichtet haben. Nun ist sie gespannt auf das Kinderzimmer.

»So, Mama, nun wollen wir uns mal das kleine Reich für unseren Nachwuchs ansehen.« Anette öffnet die Tür zum früheren Gästezimmer, und Minna bleibt die Spucke weg. Der Raum ist perfekt für einen Neuankömmling eingerichtet. Die Farben sind neutral gehalten, da sie nicht wissen, ob es ein Junge oder ein Mädchen wird. Eine Wiege, eine Wickelkommode, ein kleiner Schrank und sogar einige Spielsachen haben dort einen Platz gefunden. Die fröhliche Tapete und die dazu passende Gardine machen das einstige Gästezimmer zu einem Kinderparadies. Babyzeug und Windeln befinden sich in dem kleinen Schrank. Die zukünftige Großmutter ist zufrieden, besser kann man sich nicht vorbereiten.

»Übrigens, die schönsten Grüße von Anton. Der ist total verrückt, wie der sich auf euer Kind freut, ist nicht normal.«

»Grüße ihn mal wieder, ich werde jedenfalls mein Bestes geben, damit er ein guter Onkel werden kann. Ich muss wohl bald mal ein ernstes Wörtchen mit ihm reden, denn langsam wird es Zeit, dass er seine Freundin heiratet. Er sollte sich anstrengen, selbst Vater zu werden. Wie lange will er denn noch warten?«

Minna zuckt die Schultern. »Mich musst du

nicht fragen, aber wenn der Hof in der Familie bleiben soll, dann muss es bald mal Nachwuchs geben.« Sie wendet sich an Jonatan. »Ich bin jedes Mal begeistert, wenn ich sehe, was du aus dieser alten Kate gemacht hast. Und deine Kunstwerke, ich hab zwar nicht viel Ahnung davon, aber die Sachen gefallen mir. Ich bin sehr stolz, so einen begabten und berühmten Schwiegersohn zu haben.« Es ist nicht zu übersehen, dass er sich über dieses Lob freut, denn er grinst übers ganze Gesicht.

*

Anette nimmt sich vor, mit ihrem Bruder zu reden, denn normalerweise können sie sich über alles und nichts unterhalten. Vielleicht sollte sie mal wieder mit ihm den Kuhstall ausmisten, denn dabei gibt es immer die besten Gespräche. Sie muss auf einmal daran denken, wie es war, als sie Liebeskummer hatte. Anton hat sofort gemerkt, dass etwas nicht stimmte, und ohne sie zu bedrängen, hat er versucht, sie aufzumuntern. Hat es einfach eine Zeit lang hingenommen, dass sie bei ihm in der Landwirtschaft mitgearbeitet hat, ohne viel zu fragen, bis er sie drängte, sich nach einem neuen Job umzusehen. Nun braucht er offenbar ihren Zuspruch.

»Jonatan, ich gehe zu meinem Bruder, du hast ja gehört, was meine Mutter über ihn gesagt hat. Ich glaube, ich muss mal mit ihm reden.«

»Riechst du denn nachher wieder nach Kuhstall? Pass ein bisschen auf, wenn du mit ihm arbeiten solltest, schließlich bist du schwanger.«

»Ach, Schatz, du weißt doch, Kinderkriegen ist keine Krankheit.«

In ihrem Elternhaus angekommen, geht sie auf direktem Weg in den Kuhstall, dort hat sie sich schon immer wohlgefühlt. Sie liebt die besondere Atmosphäre, die Tiere, den Geruch, die Geräusche, die Wärme, das alles lässt sie wieder zu einem Kind werden. Anton singt leise vor sich hin und spricht jede Kuh mit Namen an.

»Hallo, Anton, kann ich dir helfen?«

»Ja, du kannst mir bei der Arbeit zusehen, denn in deinem Zustand wirst du keine Schaufel in die Hand nehmen.«

»Mann, nun fängst du genauso an wie Jonatan. Mach dies nicht und mach das nicht. Ich bin nur schwanger, ich bin nicht krank.«

»Ja, ich weiß, aber wir wollen doch nichts riskieren. Mama war bei euch? Dann kann ich mir schon vorstellen, weshalb du gekommen bist.«

»Sie hat sich nicht über dich beklagt, aber ich muss ihr recht geben. Ihr braucht einen Erben für diesen Hof, und du hast so eine nette Freundin. Warum heiratet ihr nicht?«

Er druckst ein bisschen herum und lässt dann die Bombe platzen. »Weil sie schon verheiratet ist.«

»Was?«

»Ja, du hast richtig gehört. Liesel ist seit fünf Jahren verheiratet. Damals hatten wir eine Krise, in der es hauptsächlich um das Heiraten ging. Sie wollte gern, aber ich war noch nicht so weit, an eine Ehe zu denken, da hat sie mit mir Schluss gemacht.«

»Davon hast du mir ja nie was erzählt. Hast du kein Vertrauen zu deiner Schwester?«

»Ich wollte dich nicht damit belasten.« Anton räuspert sich. »Liesel hat in der Zeit jemanden kennengelernt, der sie unbedingt zur Frau haben wollte. Sie hat den Antrag, ohne zu zögern, angenommen und, nachdem sie verheiratet waren, sofort bereut.«

»Aber wieso seid ihr denn immer noch zusammen?«

»Weil wir uns nach wie vor lieben. Es war eine Kurzschlusshandlung von ihr, und nun will der Typ sich nicht scheiden lassen.«

»Das ist ja ein schöner Mist.«

»Das kannst du wohl laut sagen. Nun müssen wir wahrscheinlich ein Leben lang in wilder Ehe leben und können uns nur über eure Kinder freuen. Nimm es mir nicht übel, dass ich so euphorisch bin.« Und so wie er ist, in seinen dreckigen Kuhstallklamotten hebt er sie hoch und tanzt mit ihr herum. »Schwesterlein, ich bin so glücklich, dass ich Onkel werde.«

Anette schaut ihren Bruder nachdenklich an, nachdem er sie wieder auf den Boden gestellt hat. »Und Mama weiß natürlich von nichts, oder? Findest du das nicht ein bisschen unfair?«

»Ich weiß einfach nicht, wie ich ihr das beibringen soll. Sie ist dann doch bestimmt enttäuscht.«

»Sie wird wahrscheinlich noch mehr enttäuscht sein, wenn sie es irgendwann zufällig von anderen erfährt. Ich glaube, du musst deine Liesel schnappen und Mama alles von Anfang bis Ende erzählen.«

Die kleine Familie

Lindas Leben hat sich total auf den Kopf gestellt. Wenn sonst ihre ersten Gedanken dem Unternehmen gegolten haben, hat jetzt die Sorge um ihr Kind die größte Priorität. In erster Linie ist sie Mutter, aber eben auch Chefin eines Betriebs, der natürlich weiterlaufen muss.

Als Linda wieder zu ihrer Arbeit zurückgekehrt ist und Marlene samt Mitarbeiterinnen sie freudig empfangen haben, ist sie sich sicher, ohne ihr Geschäft nur ein halber Mensch zu sein. Ihre Kreativität kann sich hier am besten entfalten. Noch steigt die junge Mutter nicht voll ein, denn trotz der ganzen Arbeit möchte sie ihren kleinen Sohn genießen, was nur mit Theos Hilfe und der Unterstützung ihrer Mutter Karla möglich ist.

Theo ist ein liebevoller Vater, der alles im Griff hat, und ihre Mutter trägt ihren Teil dazu bei. Sie kümmern sich abwechselnd um den kleinen Tobias, wenn Linda in der Firma ist. Karla wohnt indessen bei ihrer Cousine Berta, bei der Linda die ersten Jahre in Hamburg verbracht hat, bis ein gewisser Theo Harder in ihr Leben getreten ist. Manchmal spazieren Karla und Berta gemeinsam zu Lindas Wohnung, die ganz in der Nähe liegt. Die beiden alten Damen sind entzückt von dem goldigen Baby und kommen aus dem Schwärmen gar nicht heraus.

Theo ist beruflich in der komfortablen Lage, seine Zeit so einzuteilen, wie es ihm am besten passt. So kann er sich um seinen Sohn kümmern, wenn Linda in ihrem Betrieb ist. Nebenbei ist er auf der Suche nach einer größeren Wohnung, denn wenn es jetzt in ihrer kleinen auch noch ganz gut geht, stellt er sich vor, wie es aussieht, wenn Tobias größer wird. Auf jeden Fall braucht er ein Kinderzimmer. Es wäre schön, eine Wohnung in der Nähe ihres Geschäftshauses zu finden. Nichts wäre schlimmer für Linda, als durch die ganze Stadt fahren zu müssen, nur um zur Arbeit zu kommen.

»Ich habe ja so ein schlechtes Gewissen!« Linda stürmt in die Wohnung und an Theo vorbei, um als Erstes nach ihrem Kleinen zu schauen. »Ach, da ist ja mein kleiner Schatz. Mami ist wieder da.« Sie nimmt ihn aus seinem Bettchen und drückt ihn an sich. Diesen wunderbaren Babyduft atmet sie ein und kann sich gar nicht sattsehen an seinem hübschen Gesichtchen. Theo beobachtet seine Liebsten und ein Glücksgefühl durchströmt seinen Körper. Auch wenn er im Moment nicht an erster Stelle steht, ist er mit sich im Reinen, denn nichts hat er sich mehr gewünscht als eine richtige Familie. Und er ist sich sicher, eine vernünftige Wohnung findet er auch noch.

*

Karla ist nach mehreren Wochen wieder abgereist, wenn auch schweren Herzens. Sie ist nun mal in Schönsee zu Hause und ihre Unabhängigkeit hat ihr gefehlt. So niedlich es ist, ihren Enkel zu betreuen, so wichtig ist es für sie, immer noch ihr eigenes Leben zu führen. Sie kann sich nicht erinnern, mal nicht für sich selbst gesorgt zu haben. Nie konnte sie sich in Ruhe zurücklehnen. In der alten Heimat im Osten war sie allein für ihren Hof verantwortlich, immer die kleine Frieda im Schlepptau. Nur mit Morten aus Lettland hatte sie eine glückliche, entspannte Zeit. Was der wohl zu seinem kleinen Enkel sagen würde? Niemand wird von ihrer einstigen Liebe erfahren, das muss ihr Geheimnis bleiben, zumal sie Morten nie wiedersehen wird.

Hamburg ist nicht aus der Welt und jederzeit zu erreichen. Aber sie ist kein Stadtmensch und atmet auf, als sie wieder in Schönsee auf dem Hof in ihrer kleinen Wohnung Einzug hält. Wie nett, Minna hat ihr ein paar Blumen auf den Küchentisch gestellt.

Natürlich gibt es auch schmerzhafte Gefühle, als sie das Zimmer ihrer verstorbenen Tochter betritt. Sie hat es nicht anders eingerichtet, weil es nichts an der traurigen Tatsache ändern würde. So oder so wird sie Frieda immer in Erinnerung behalten.

Sie hätte sich bestimmt über ihren Neffen gefreut. Doch das Leben hat anders entschieden, oder war es der Tod? Karla ist nicht nach Philosophieren zumute.

Jetzt lebt sie allein in dieser Wohnung, ist aber nach wie vor immer mit der Familie Bessen in Verbindung.

Minna hat mal wieder für Kaffee und Kuchen gesorgt und ist schon sehr gespannt, was Karla ihr zu berichten hat. »Nun erzähl mal, wie war es in Hamburg? Wie geht es der kleinen Familie?«

»Der Kleine ist so niedlich, dass man ihn immer nur knuddeln möchte. Hier, ich habe ein paar Bilder mitgebracht.«

»Ist der süß!«

»Linda und Theo sind tolle Eltern und ganz vernarrt in ihr Baby.«

»Das kann ich mir gut vorstellen. Wie kommen sie denn jetzt ohne dich zurecht?«

»Theo hat eine junge Frau eingestellt, die immer, wenn er unabkömmlich ist, das Kind versorgt. Er ist auch auf der Suche nach einer größeren Wohnung, denn zu dritt ist die alte nun doch zu klein.«

So geht es eine ganze Weile hin und her, bis Minna die neuesten Nachrichten vom Stapel lässt. Was Karla von ihrer alten Freundin nun zu hören bekommt, haut sie aus den Socken.

»Stell dir mal vor. Wir fragen uns doch schon die ganze Zeit, warum Anton und Liesel nicht heiraten und endlich Kinder kriegen, nicht?«

»Ja, das stimmt. Darüber haben wir schon oft gesprochen.«

»Vor ein paar Tagen kamen sie zu mir und ich hab gleich gemerkt, dass da etwas nicht stimmt, so nervös, wie sie waren. Anton fragte: ›Mama wollen wir uns nicht hinsetzen?‹ Da hab ich ja schon nichts Gutes geahnt, aber dann war ich doch froh zu sitzen. Stell dir mal vor: Liesel ist schon verheiratet!«

»Was? Das ist ja ein Ding!«

»Sie sitzen beide Hand in Hand vor mir. Liesel weint die ganze Zeit, als sie erzählt, wie es dazu gekommen ist. Vor ein paar Jahren hatten sie eine Krise, von der ich natürlich mal wieder nichts mitgekriegt habe. Hauptsächlich ging es wohl darum, dass Anton nicht heiraten wollte. In der Zeit lernte sie einen anderen Mann kennen, der ihr sofort einen Antrag gemacht hat. Sie hat ihn angenommen und sofort bereut, als sie verheiratet waren. Sie liebt diesen Mann nicht, aber er will sich nicht scheiden lassen.«

»Und was machen die beiden jetzt?«

»Sie wollen, dass ich ihre wilde Ehe absegne.«

»Und?«

»Du kennst mich doch. Ich stehe ihnen nicht im Weg, ich halte zu ihnen. Sollen sie doch ohne Trauschein glücklich werden.«

»Minna, ich wusste es schon immer, du hast ein gutes Herz!«

Geständnis

Ewald Kordes ist müde. Immer wieder wird er aus der Untersuchungshaft in das Kommissariat gebracht. Wie viele Male hat er jetzt schon dem Ermittler in dem Vernehmungsraum gegenübergesessen und wieder und wieder alles, was man ihm vorwirft, abgestritten? Er will und kann nicht mehr. Er ist so müde.

Eine ausgemergelte Person, die spärlichen Haare inzwischen ohne Tönung in einem schmutzigen Grau, das Gesicht fast zu einer Grimasse verzerrt, die schwarzen Augen auf einen Punkt fixiert, so sitzt er zusammengekauert auf seinem Stuhl. Er ist noch nicht mal sechzig Jahre alt, aber er fühlt sich wie ein Greis.

Gerhard Hollmer wartet, er hat Zeit. Auch er ist müde und alt, doch diesen Fall zu einem Abschluss zu bringen, ist seine Aufgabe, vielleicht sogar seine letzte.

Er spürt, dass sein Gegenüber mürbe ist und es nicht mehr lange dauert, bis er ein Geständnis ablegt. Als es dann so weit ist, überrascht es ihn doch.

Ewald Kordes richtet sich auf. »Ich will jetzt reden. Ich will ein Geständnis ablegen.«

In einfachen Worten beschreibt Ewald seinen

Werdegang zum Verbrecher. In keinem Fall ist auch nur ein bisschen Reue spürbar. Die Umfänglichkeit und die intimen Einzelheiten sind für den Kommissar, aber auch für die Schreibkraft, kaum zu ertragen.

»Ich heiße Ewald Kordes und bin am 30. März 1922 in Ostpreußen geboren. Meinen Eltern habe ich keine Freude gemacht, habe meine Schulkameraden verprügelt und einen fast totgeschlagen, der war ja auch selbst schuld. Auch auf meine Eltern bin ich manchmal losgegangen. Daraufhin kam ich in ein Erziehungsheim. Aber nur so lange, bis sie mich beim Militär genommen haben. Mit siebzehn war ich weg. Wurde im Osten an der Front eingesetzt. Im Winter 1945 konnten ein paar Kameraden und ich uns absetzen. Wir sind in Richtung Westen abgehauen und haben immer Unterschlupf auf Bauernhöfen gefunden. Das ist lange her.« Er überlegt. »Das müssen über dreißig Jahre sein.«

Gerhard Hollmer hört aufmerksam zu und unterbricht ihn nicht. Die Schreibkraft hat Mühe, bei der Geschwindigkeit alles festzuhalten.

»Hier habe ich mich wohlgefühlt, konnte mit den Kumpels die Speisekammern leeren, und die Frauen und Mädchen waren uns wohlgesonnen und haben uns ihre Liebe geschenkt.«

Hollmer kann nicht anders und schreitet ein. »Es war wohl eher so, dass die Frauen von ihnen gezwungen wurden. Das heißt, Sie haben sie vergewaltigt!«

»Na ja, es war vielleicht nicht immer freiwillig. Aber das hat ihnen doch auch Spaß gemacht.«

Hollmer muss eine Pause einlegen, sonst geht er dem Kerl noch an die Kehle. Zurück am Vernehmungstisch, redet Ewald Kordes weiter, als hätte es keine Unterbrechung gegeben.

»Auf den kleinen Hof inmitten der eiskalten Wildnis kam ein Treck Flüchtlinge aus dem Osten, um dort zu übernachten. Wir hatten sie schon eine Weile im Visier.« Und jetzt grinst er. »Die jungen Frauen und Mädchen meinen, wenn sie auf alt machen, werden sie nicht entdeckt, aber so ist es nicht. Auch dort war eine junge Frau, die uns ihre Liebe geschenkt hat. Erst den Kameraden, dann mir. Sie hat wunderbare Dinge mit mir gemacht.«

Der Kommissar unterbricht ihn. »Und das war nicht zufällig die junge blonde Frau, die Sie in Schönsee wiedererkannt hat?«

Ewald schaut ihn irritiert an, dann nickt er. »Ja, es war genauso, wie Sie gesagt haben. Sie hat mich erkannt und deswegen musste sie sterben. In der Dorfkneipe, in der der Wirt mir ein Frühstück serviert hat, kam sie mit noch einem Typen rein. Sie haben sich Schnaps bestellt und sie hat mich entdeckt. Ihrem erschrockenen Blick habe ich sofort angesehen, dass sie mich erkannt hat. Sie verließ umgehend die Kneipe und ich bin ihr bis zu dem kleinen Haus am Strand hinterhergeschlichen. Es war leicht. Die Tür war offen und sie hat sich nicht gewehrt, als ich sie mit dem Kissen erstickt habe.«

Nun hat Hollmer etwas vorweggenommen und er muss Ewald Kordes wieder zu den anderen Verbrechen führen, die ihm noch angelastet werden. Immer wieder hat er Frauen vergewaltigt, und viele Fälle sind inzwischen verjährt, doch Mord verjährt nicht, und einen, den er vor sechzehn Jahren begangen hat, kann er noch gestehen.

»Nun lassen Sie uns noch mal an die Orte gehen, an denen Sie sich zeitweise aufgehalten haben. Ich habe mich mit vielen Übergriffen in der ganzen Republik beschäftigt. Sie ähneln sich in allen Fällen. Vor sechzehn Jahren ist ein junges Mädchen bei einem Bauern überfallen, vergewaltigt und ermordet worden. Ein Mann, der auf dem Hof gearbeitet hat, ist seitdem verschwunden. Die Personenbeschreibung passt genau auf Sie.«

Ewald rutscht unruhig auf seinem Stuhl hin und her. »Das war ja das Dilemma. Sie haben mich überall gesucht. Ich musste mein Aussehen verändern, und trotzdem hat die Frau aus der Kate mich erkannt.«

»Was war vorher? Was ist mit dem jungen Mädchen passiert?«

»Ach, die kleine Marie, die hatte ein Auge auf mich geworfen. Sie war im Stall und hat die Kühe versorgt. Ich hab sie gepackt und dabei ist die Karre mit den Rübenschnitzeln umgekippt. Ich habe sie mir vorgenommen, und auf einmal hat sie keinen Pieps mehr von sich gegeben. Ich wollte das nicht, ich wollte sie nicht umbringen!«

Gerhard Hollmer ist angewidert von seinem Gegenüber. Er schaut zur Schreibkraft. »Konnten Sie alles notieren? Oder müssen wir noch mal nachhaken?«

Sie schüttelt den Kopf. »Ich habe jeden Satz aufgeschrieben!«

Zum Schluss gehen sie noch einige Vergewaltigungen durch, die der schlechte Mensch alle gesteht.

Ewald Kordes ist überführt und wird in Zukunft nicht mehr in Freiheit leben. Er wird keiner Frau mehr etwas antun können. Er wird zu lebenslänglicher Haft verurteilt, doch er wird nichts bereuen. An seine Taten wird er sich ab und zu erinnern, aber auch wie es zum Schluss war, auf der Straße zu leben. Hier im Gefängnis ist er versorgt.

*

Gerhard Hollmer ist sich sicher, ohne die mutige Anette Endrokat und die Hilfe und Hinweise von Jonatan hätte er den Verbrecher nicht so leicht überführen können.

Nun sitzt er bei ihnen im Wohnzimmer in der Kate. Jonatan und Anette sind gespannt, was ihnen der Kommissar zu berichten hat.

»Herr Endrokat, Sie hatten recht. Ihre Mutter ist nicht eines natürlichen Todes gestorben, sondern weil sie ihren Vergewaltiger, der sie auf der Flucht gequält hat, wiedererkannte.«

Jonatan ist erschüttert. Seine arme Mutter, die nie über ihre furchtbaren Erlebnisse reden konnte, sondern dem Alkohol verfallen war und nachts Albträume hatte, ist, wie er schon vermutete, ermordet worden. Was für ein Schicksal. Ihm kommen die Tränen.

Auch Anette ist erschüttert. »Wie ist denn das alles passiert? Wie konnte der Täter sie erkennen?«

Der Kommissar hält sich nicht zurück und erzählt den beiden, wie Alwara ihren Peiniger in der Dorfkneipe wiedererkannt hat und sie deshalb sterben musste. »Der Verbrecher hat alle Vergewaltigungen und sogar noch einen zweiten Mord gestanden. Dank Ihrer Unterstützung kann er keiner Frau mehr etwas zuleide tun.«

Altes und neues Leben

Gerhard Hollmer hat gerade das Haus verlassen. Jonatan ist in Gedanken versunken. Ab und an füllen sich seine Augen mit Tränen, wenn er seine Mutter vor sich sieht, die so ein schreckliches Schicksal erleiden musste und nicht in der Lage war, mit jemandem darüber zu sprechen. Arme, arme Alwara, kein Wunder, dass sie immer traurig gewesen ist. Er mag gar nicht daran denken, was sie wohl empfunden hat, als sie ihren Peiniger wiedererkannte, noch als der in ihre Wohnung eindrang und ihr Leben auslöschte.

Anette leidet mit Jonatan und lässt ihm die Zeit, alles, was der Kommissar erzählt hat, zu verarbeiten. Er ist dankbar dafür, doch dann fängt er an zu erzählen.

»Zuerst war da meine Oma, die sich um mich gekümmert hat. Von ihr hab ich viel über die Natur erfahren, was man sammeln oder pflücken kann, was essbar ist und was nicht. Obwohl ich noch sehr klein war, hat sie mir viel beigebracht. Sie zog mit mir an der Hand über Wiesen und Felder, oft auch an den Strand. Immer haben wir etwas entdeckt, was man gebrauchen kann, entweder zum Spielen oder zum Essen. Ich habe sie so geliebt, ich kann nicht beschreiben, wie sehr ich sie vermisst habe, als sie gestorben ist.«

»Und kannst du dich auch noch an deine Mutter erinnern, was die in dieser Zeit gemacht hat? Hat sie mal mit dir gespielt oder so?«

»Nein, eigentlich ist sie erst präsent für mich, als meine Oma nicht mehr da war. Wir sind dann in die ärmliche Wohnung in der Fischerkate gezogen, und ich meine mich zu erinnern, dass sie erst da dem Alkohol verfallen ist. Ab da war meine Kindheit vorbei, und ich war mehr oder weniger auf mich allein gestellt.«

»Was für ein trauriges Dasein für ein Kind, du musst sehr einsam gewesen sein, und von deinen Schulkameraden hat keiner was gewusst, oder?« Anette ist voller Mitgefühl.

»Über mein Zuhause habe ich nie gesprochen. Ich war froh, wenn man mich in Ruhe gelassen hat.«

»Du warst nach der Schule ja auch immer sofort verschwunden, wenn ich mich noch recht erinnere.«

»Ja, das stimmt, keiner sollte wissen, wie es bei uns in der ärmlichen Wohnung aussah. Nur zu meinem väterlichen Freund Otto hatte ich Vertrauen. Ich weiß nicht, was ich ohne ihn gemacht hätte. Er konnte so wunderbare Klabautermanngeschichten erzählen, dass ich die ganze Misere bei uns vergaß. Immer hat er mich aufgemuntert. Ich sehe ihn noch heute vor seinem Haus sitzen und Netze flicken. Ich habe ihm so viel zu verdanken.«

»Sogar das Haus hat er dir vererbt.«

»Ja, und stell dir mal vor, nur daher konnten wir uns wiedersehen. Wahrscheinlich wär ich sonst in Bayern und mit Sonja verheiratet.«

Anette lacht. »Da müssen wir ihm ja besonders dankbar sein.«

Jonatan nimmt sie in den Arm und küsst sie. »Du bist einfach wunderbar. Ich liebe dich!«

»Wie deine Mutter ausgesehen hat, konnte ich ja auf dem Bild sehen. Sie muss wunderschön gewesen sein.«

»Das war sie, aber auch immer traurig und viel zu oft betrunken. Manchmal konnte ich es nicht mehr ertragen, dann bin ich auf meine Düne gegangen und habe mich weggeträumt. So war es ja auch an jenem Tag, der mein ganzes Leben verändert hat. Ich hatte viel zu lange auf der Düne gesessen. Es wurde schon dämmrig, als ich nach Hause lief, die ganzen Leute bei uns herumwuselten und ein Polizist mir sagte, dass meine Mutter gestorben sei. Wie so oft war Otto wieder meine Rettung. Er nahm mich bei sich auf, gab mir zu essen und zu trinken und machte mir ein Bett. Das war mir etwas peinlich, weil ich es nicht gewohnt war, umsorgt zu werden.«

»Ach, mein Schatz, was für ein Drama.« Anette muss schon wieder weinen.

»Nicht weinen, Liebling. Was dann geschah, hat

mich zu dem gemacht, was ich heute bin. Aus dem Jüngelchen von vierzehn Jahren ohne Schulabschluss ist mit etwas Glück und Unterstützung mehrerer Menschen ein hoffentlich anständiger Mann und zukünftiger guter Vater geworden.«

Anette fügt hinzu: »Und nicht zu vergessen: ein bekannter Künstler!«

*

Anettes Schwangerschaft verläuft normal. Sie fühlt sich nach der anfänglichen morgendlichen Übelkeit vital und ausgeglichen. Die Arbeit in Oldenburg fällt ihr nicht schwer und mit der kleinen Kugel, die langsam größer wird, hat sie Freundschaft geschlossen, besonders, als sie die ersten Bewegungen spürt. Ihre ärztliche Betreuung und die fürsorgliche Hebamme sind zufrieden mit ihr. Jonatan ist nach wie vor sehr besorgt um sie und ihr Bruder ist schon total verrückt. Keiner weiß, was es wird, ein Junge oder ein Mädchen. Ihr ist es egal, sie wünscht sich ein gesundes Kind. Der werdende Vater spricht meistens von seinem Sohn, der Onkel von einem Neffen. Jonatan hat ja schon bei seiner Skulptur gezeigt, was er erwartet, und Anton will einen Nachfolger für seinen Hof. Solange sie durch ihre Arbeit abgelenkt ist, hat Anette diesen Gedanken beiseitegeschoben, aber die letzten sechs Wochen vor der Entbindung, die sie zu Hause verbringt, nimmt er überhand. Anette kann an nichts anderes mehr denken, als daran, liefern zu müssen. Immer wieder überlegt sie, wie sie es dem werdenden Vater sagen kann, dass er nicht zu sehr auf einen Sohn hoffen soll. *Jonatan, was passiert, wenn es ein Mädchen wird? Du bist so auf einen Jungen fixiert, das macht mir Angst. Oder: Jonatan, ich würde dir gern einen Sohn schenken, aber was ist, wenn wir eine Tochter bekommen?*

Selbst ein Spaziergang am Strand, der übrigens inzwischen etwas mühsam geworden ist, kann ihre Gedanken nicht zum Stillstand bringen.

Mit Jonatan kann sie im Moment nur am Telefon sprechen, denn er hat eine Ausstellung in Hannover, die Gunda Schrader, die inzwischen so etwas wie seine Managerin geworden ist, für ihn vermittelt hat. Schweren Herzens hat er seine geliebte Frau allein gelassen, aber nur in dem Wissen, dass seine Schwiegermutter sich um Anette kümmert. Natürlich macht sie das auch gern, denn sie freut sich schon riesig auf ihr erstes Enkelkind. Jeden Tag kommt Minna in das kleine Haus am Strand, meistens mit etwas zu essen, denn sie kann es immer noch nicht lassen, sich um das leibliche Wohl ihrer Mitmenschen zu kümmern. Anette hat es aufgegeben, ihr zu sagen, dass das nicht nötig ist und sie nicht für zwei essen muss. Mit ihrer Mutter mag sie ihre Probleme nicht besprechen, und so gärt es weiter in ihr.

Der Geburtstermin rückt immer näher. Die Tasche fürs Krankenhaus ist schon lange gepackt und griffbereit. Jonatan ist noch in Hannover, als die Wehen einsetzen. Sie alarmiert ihren Bruder, der sie schnell ins Krankenhaus fährt. »Kannst du Jonatan anrufen?«

»Ist schon geschehen, Schwesterherz!«

Die Geburt verläuft ohne dramatische Zwischenfälle. Als der Schmerz unerträglich wird, redet die Hebamme beruhigend auf sie ein, und nach ein paar Presswehen ruft sie erleichtert: »Da ist ja unser Prachtmädchen!«

Ein unbeschreibliches Gefühl durchströmt Anettes Körper, als die Hebamme ihr das Baby auf den Bauch legt. Ein gesundes Kind zur Welt gebracht zu haben, erfüllt sie mit Freude und Fürsorge.

»So ein hübsches kleines Mädchen habe ich ja noch nie gesehen.« Jonatan kann sich gar nicht wieder einkriegen. »Jetzt habe ich zwei wunderschöne Frauen. Ich bin so ein glücklicher Mann!«

Diese Worte machen der jungen Mutter Mut. »Und ich habe geglaubt, du willst unbedingt einen Sohn. Das hat mir in den letzten Wochen echt Sorgen gemacht.«

Jonatan nimmt sie in den Arm. »Mein armes Frauchen, es tut mir leid, wenn du das geglaubt hast. Dieses kleine süße Wesen ist genau richtig. Ich bin so stolz auf dich.«

Anette ist erleichtert.

»Ich glaube, hinter der Tür wartet noch jemand,

der unbedingt die neue Erdenbürgerin begrüßen möchte«, sagt Jonatan. »Anton, komm rein!«

Das lässt er sich nicht zweimal sagen. Ihr Bruder hat nur die Kleine im Blick. »So ein schönes Mädchen. Das hast du toll hinbekommen, Schwesterchen. Endlich bin ich Onkel geworden. Ich werde immer auf euch aufpassen!«

Familienbande

Ein paar Jahre später. Anton ist zu einer kleinen Stippvisite in die Kate am Strand gekommen. Er hat Wort gehalten, denn er lässt es sich nicht nehmen, immer, wenn die Zeit es erlaubt, auf Anette und die kleine Luise aufzupassen, obwohl er inzwischen selbst Vater eines Sohnes geworden ist. Doch mit ihm kann er noch nicht so viel anfangen, während seine Nichte sich zu einem lebhaften Kind entwickelt hat und es ihm eine Freude ist, wenn sie ihm munter entgegenspringt. »Onkel Anton, kommst du mit mir zum Strand? Ich habe eine Burg gebaut. Wollen wir Muscheln suchen oder schöne Steine?«

Er kann gar nicht anders, als ihr zu folgen. »Dann bis später, Schwesterherz.« Und schon sind die beiden laut schwatzend unterwegs ans Wasser. Anette schmunzelt und genießt die Zeit der Ruhe.

Sie muss daran denken, wie es mit Anton und Liesel endlich zu einem guten Schluss gekommen ist und die verzwickten Umstände ihrer Beziehung plötzlich von einem Tag auf den anderen aufgelöst wurden.

Anton war die Erleichterung anzusehen, als er ihr davon berichtete. »Liesels Ehemann stand eines Tages vor uns und schlug vor, sich scheiden zu lassen. Wir haben uns gewundert, wie dieser Sinneswandel nach den ganzen Jahren zustande gekommen ist, waren aber froh und erleichtert, dass Liesel wieder frei sein würde. Später hat sich bestätigt, was wir uns schon gedacht haben: dass eine neue Frau im Spiel ist.«

Die gute Minna Bessen weinte vor Freude, als ihr Sohn davon erzählte, und organisierte gleich begeistert eine Hochzeitsfeier. Nach so vielen Jahren wilder Ehe offiziell verheiratet zu sein, gefiel Liesel und Anton aber auch sehr. Vor allem, dass die Familie die ganze Zeit zu ihnen gehalten hat, erfüllte sie mit Dankbarkeit. Selbst die Nachbarn, von denen sie angenommen haben, dass sie schlecht über sie redeten, freuten sich und gönnten es ihnen, dass sie nun endlich eine richtige Familie gründen konnten. Auch der Polterabend war ganz in ihrem Sinne, so viel zerdeppertes Geschirr, so viele Umarmungen und gute Wünsche konnten ja nur den Weg in eine glückliche Zukunft bahnen. Anton und Liesel hatten genau drei Tage frei: den Polterabend, den Hochzeitstag und den nächsten, damit sie sich von der Feier erholen konnten. Genauso haben es die Nachbarn organisiert und die Arbeit für sie verrichtet. Danach ist für beide wieder der Alltag eingekehrt.

Anton und Liesel ergänzten sich perfekt, und das schon seit Jahren. Das Vieh musste versorgt werden und auch die Arbeiten auf dem Acker wurden je nach Jahreszeit erledigt. Selbst als Liesel endlich schwanger wurde, konnte man sie nicht davon abhalten, in der Landwirtschaft mitzuarbeiten. Erst als der kleine Johann auf der Welt war, trat sie etwas kürzer. Später schleppte sie ihn überall mit hin.

Anette hat sich in ihren kleinen Neffen, der ein niedlicher Wonneproppen ist, verguckt. Immer wenn sie es einrichten kann, ist sie mit Luise im Schlepptau in ihrem Elternhaus. Minna als stolze Großmutter der Kinder ist die Freude anzusehen, wenn alle bei ihr herumwuseln. Endlich hat sie die große Familie, die sie sich immer gewünscht hat.

Traurige Ereignisse

Vera ist verzweifelt. Schon wieder hat sich die Vorfreude auf Familienzuwachs zerschlagen. Gestern noch hat sie die Hoffnung in Hochstimmung gebracht. Sie hat sich schon ausgemalt, wie es mit einem Baby sein wird, und überlegt, was alles noch angeschafft werden muss. Leider ist es nicht das erste Mal. Nach zwei Fehlgeburten ist sie wieder voller Zuversicht schwanger geworden. Was hat sie noch mal zu Fred gesagt, als er von Kindern sprach? *Ich werde dir viele wunderschöne Kinder schenken.* Und nun ist sie unfähig, überhaupt eine Schwangerschaft durchzustehen, um ein einziges Baby auszutragen. Wie gern würde sie die Unwägbarkeiten, die ein Kind bei ihrem Arbeitspensum mit sich bringt, einplanen. Notfalls könnte sie das Kleine mit in den Salon nehmen. Doch wie es aussieht, braucht sie sich keine Gedanken mehr darüber zu machen. Ihr Frauenarzt hatte ihr schon von einer dritten Schwangerschaft abgeraten, auch weil es sie körperlich und seelisch belastet, sollte sie erneut das Kind verlieren. Und nun ist es wieder passiert. Auf dem Weg ins Krankenhaus hält Fred ihre Hand. Bei dem Versuch, sie zu trösten, kommen ihm vor lauter Kummer auch die Tränen.

Er kann es kaum ertragen, seinen stolzen Paradiesvogel so verzweifelt zu sehen. »Hör zu, Veralein,
wir sind doch auch ohne Kind glücklich. Natürlich hätte ich mich über ein Baby gefreut, aber viel
wichtiger ist mir, dass ich dich habe. Ich liebe dich
so sehr, auch ohne Kind.«

Sie schluchzt. »Ich liebe dich auch und bin so
froh, dich zu haben. Gib mir ein bisschen Zeit für
meine Trauer.«

»Natürlich, Liebling, so viel, wie du brauchst!«

Diese traurige Phase in ihrem Leben stehen
sie gemeinsam durch. Fred ist ein guter Zuhörer
und Tröster. Sie gehen weiter ihrer Arbeit nach,
die ihnen natürlich hilft, auf andere Gedanken zu
kommen, und genießen die Zweisamkeit, wann
immer es sich ergibt.

Vera hat sich nach ihrer dritten Fehlgeburt er-
staunlich schnell wieder erholt und mit dem
Kinderkriegen endgültig abgeschlossen. Der
Frauenarzt hat ihr aus gesundheitlichen Gründen
zu einer dauerhaften Empfängnisverhütung geraten, worauf Vera, nachdem auch Fred ihr gut
zuredet, einwilligt.

Im Nachhinein ist sie erstaunt, wie gut sie mit
dieser Situation fertig wird. Es soll ja auch andere
Frauen geben, die genau wie sie keine eigenen
Kinder bekommen können.

Da sind nur noch ihre Freundinnen, die glücklichen Mütter, die ihr noch gefährlich werden
könnten.

Aber Linda und Anette fühlen sich so sehr in Vera hinein, dass sie die erste Zeit kaum etwas über ihre Kinder erzählen. Bei ihrem jährlichen Treffen ist es aber nicht zu vermeiden, die kleine muntere Luise kennenzulernen, die mit Papa Jonatan am Strand herumtobt. Auch Linda bringt zur Freude ihrer Mutter Karla ihren Schatz Tobias mit nach Schönsee. Mit dem niedlichen Johann, dem Nachwuchs von Anton und Liesel, weitet sich das Wiedersehen der Freundinnen zu einem großen Familientreffen aus. Veras Bedenken, wieder in Trauer zu verfallen, bestätigen sich nicht, weil sie es einfach genießt, sich mit den Kindern zu beschäftigen und zu spielen. Sie ist froh, damit abgeschlossen zu haben, selbst Mutter zu werden, und geht in der Rolle der spielbereiten Tante auf.

Die Abendstunden bleiben den drei Freundinnen für ihre ganz persönlichen Geschichten und Erinnerungen, während sich die Großmütter um die Kleinen kümmern.

*

Wie immer, wenn Vera in Schönsee ist, schaut sie bei ihrer Familie auf dem Gut vorbei. Bruno wirbelt sie vor Freude herum und stellt sie wieder auf die Beine. »Lass dich mal anschauen. Die Haare heute blond, die Figur wie immer toll, die Augen ein ganz klein wenig traurig. Doch, doch, ich erkenne dich wieder, du bist meine kleine Schwester.«

»Ach, Bruno, du bringst mich zum Weinen. Ich hätte dich so gern zum Onkel gemacht, aber es hat einfach nicht sein sollen.«

Er nimmt sie ganz fest in seine Arme. »Sei nicht traurig. Es gibt so viel Schönes auf der Welt, man muss nur hinschauen. Erfüllung kann auch anders sein. Mal ist es die Arbeit, mal ein Mensch, der einem eine Freude bereitet. Du weißt schon, was ich meine. Ich selbst habe auch keine Kinder und bin trotzdem mit meinem Leben zufrieden.«

»Ja, Bruderherz, ich verstehe, was du meinst.«

Sie gehen in die kleine Wohnung, wo Maria Sievers schon auf sie wartet.

»Hallo, Mama«, begrüßt Vera ihre Mutter, »wie geht's dir?«

»Ach, es geht mir ganz gut.«

Vera ist erschüttert, als sie ihre Mutter betrachtet, die wie ein Häufchen Elend im Sessel sitzt. Seit dem letzten Mal, als Vera sie gesehen hat, ist sie nicht mehr wiederzuerkennen. Sie ist kaum in der Lage, den Alltag zu bewältigen. Bruno muss sie in allen Dingen unterstützen. Vera bekommt ein schlechtes Gewissen, weil sie in Bremen wohnt und ihr nicht helfen kann. Als sie mit Bruno darüber spricht, beruhigt er sie. »Wir bekommen bald Unterstützung. Eine junge Frau wird hier bei uns wohnen, sie wird den Haushalt machen und Mama betreuen.«

»Dann kann ich ja beruhigt sein.« Das sagt sich leicht, aber auf der Heimfahrt geht ihr der Gedanke an ihre alte, kranke Mutter nicht aus dem Kopf.

Veränderung

Theo hat es tatsächlich geschafft, in der Nähe von Lindas Betrieb eine neue, große Wohnung zu finden. Mit dem lebhaften Kind ist es in den alten Räumen endgültig zu eng geworden. Was anfangs noch als Notlösung ging, ist spätestens, seit Tobias krabbeln und laufen lernt, nicht mehr hinnehmbar. So sind sie jetzt erfreut, die neue Wohnung nach ihren Vorstellungen einrichten zu können. Endlich genug Platz für alle zu haben, ist ein großer Luxus, wenn auch die Arbeit erst mal ziemlich an die Substanz geht. Vor allem der Umzug ist eine große Herausforderung. Wer hat um Gottes willen diese ganzen Sachen gehortet, die jetzt natürlich alle mitgenommen werden müssen? Das Einpacken nimmt und nimmt kein Ende. Ebenso das Auspacken im neuen Heim.

Auch die Eingewöhnung in die neuen Verhältnisse ist nicht so leicht, obwohl sie nur eine Straße weiter gezogen sind. Der Kindergartenplatz ist weiterhin bequem zu erreichen, die alte Tante Berta und Lindas neues Modehaus sind auch nicht weit.

Wenn nun auch über Platzmangel nicht mehr geredet werden kann, ist es doch nicht so einfach, in diesem neuen Umfeld eine gewisse Routine zu entwickeln. Natürlich hat Theo als gewiefter Hausmann den Bogen schnell raus und Tobias nimmt sowieso alles mit Freude auf. Das neue Kinderzimmer wird nach seinen eigenen Vorstellungen eingerichtet. Es dauert nicht lange und die kleine Familie kann sich gar nicht mehr vorstellen, woanders zu wohnen.

*

Während in Hamburg Linda und Theo nach dem Umzug wieder ihrem gewöhnlichen Alltag nachgehen, gibt es bei Anette in Schönsee einige Neuigkeiten. Wenn sie ehrlich zu sich selbst ist, kann sie den Gedanken, so oft allein gelassen zu werden, weil der Künstler wieder mal zu seinen Ausstellungen reist, nicht ganz beiseiteschieben. Sie gönnt Jonatan den Erfolg, aber sie muss einen Weg für ihre eigene Anerkennung finden. Durch die kleine Luise ist sie ans Haus gebunden, obwohl sie sie jederzeit zu ihrer Mutter bringen kann. Es besteht auch die Hoffnung auf einen Kindergartenplatz, der ihrer Kleinen sehr zugutekommen würde, denn mit anderen Kindern zu spielen und sich anzupassen, wird Luise sicher auch später in der Schule weiterhelfen. Vielleicht kann Anette dann wieder ihrer geliebten Arbeit nachgehen, denn die Abwechslung und die Kollegen fehlen ihr.

Nun ist Anette auf dem Weg nach Plön. Luise ist bei Minna, die sich immer freut, mit ihrer Enkelin Zeit verbringen zu können. Heute darf sie sogar bei Oma Minna übernachten und ist entsprechend aufgeregt. Ein paar Kuscheltiere müssen unbedingt mit.

Beate, eine gute Bekannte, die Anette noch aus der Zeit als Sekretärin kennt, will sich nach längerer Zeit mal wieder mit ihr zum Kaffee treffen. Anette ist etwas zu früh und bummelt durch die kleine Einkaufsgasse, bleibt hier und dort mal vor einem netten Geschäft stehen und beschließt spontan, noch ein paar Sachen einzukaufen. Sie schaut auf die Uhr und stellt fest, dass es Zeit wird, ins Café zu gehen. Plötzlich stellt sich ihr jemand in den Weg, groß, schlank, dunkelhaarig. Sie bleibt wie angewurzelt stehen und es schießt eine heiße Woge durch ihren Körper, als sie ihn erkennt. »Rudi Winter!«, schreit sie fast.

»Anette, wie schön, dich mal wiederzusehen. Ich musste so oft an dich denken. Wollen wir nicht die Gelegenheit nutzen und einen Kaffee zusammen trinken?«

»Ich bin schon verabredet. Tut mir leid.« Damit lässt sie ihn stehen und eilt weiter. Doch hartnäckig bleibt er an ihrer Seite, und schon ist sie umgestimmt. »Nun gut, nur damit du mich gehen lässt. Wir können uns später zu einem kleinen Imbiss treffen. In unserem alten Lokal?«

»Okay.«

Die ganze Zeit, während sie sich mit Beate unterhält, kann sie die Gedanken an Rudi nicht unterdrücken. Wenn Anette auch gedacht hat, sie sei mit ihm fertig, dann muss sie jetzt zugeben, niemals mit ihrer ersten großen Liebe abgeschlossen zu haben. Sie weiß genau, dieses Treffen kann nur mit einer großen Dummheit enden. Trotzdem rennt sie mit offenen Augen in ihr Unglück. Zugegeben, sie kann es kaum erwarten!

In dem kleinen Restaurant sitzt er bereits an dem gleichen Tisch wie früher. Er sieht genauso attraktiv aus wie damals, wenn auch die vergangenen zehn Jahre Spuren hinterlassen haben, die Falten ein wenig ausgeprägter und die dunklen Haare mit ein paar weißen Strähnen durchzogen sind. Anette, leicht gebräunt vom Leben an der Ostsee, die blonden Haare locker aufgesteckt, ist mit ihrer natürlichen Schönheit dagegen alterslos.

»Komm rein, Anette«, begrüßt Rudi sie, »du siehst wunderschön aus. Erzähl mal, wie ist es dir die ganzen Jahre ergangen?«

Eigentlich will sie nichts über ihr Leben erzählen, aber er schaut sie so interessiert an, dass sie nicht anders kann. »Ich bin seit ein paar Jahren mit einem bekannten Künstler verheiratet. Jonatan Endrokat, falls dir das etwas sagt. Seit drei Jahren habe ich auch eine kleine Tochter, und ich verstehe gerade nicht, was ich hier mache!«

»Du folgst deinen Gefühlen, die sich offenbar nicht verändert haben.«

267

»Aber ich liebe meinen Mann!«

»Und ich liebe dich immer noch wie am ersten Tag. Nur habe ich die Weichen falsch gestellt. Ich hätte dich nicht so hintergehen dürfen. Meine Ehe mit Doris war ein einziges Desaster und ist längst geschieden. Hin und wieder ein Techtelmechtel, aber dich habe ich nie vergessen.« Er streichelt ihre Hand, und sie vergisst alles um sich herum. Schon wieder fällt sie auf diesen Mann herein, wobei sie es kaum erwarten kann, die größte Torheit ihres Lebens zu begehen. Sie versinkt in seinen dunklen Augen, während sie ab und zu einen Happen von dem kleinen Menü probiert und an ihrem Glas Wein nippt.

Rudi bezahlt und sie gehen das kleine Stück zu seiner alten Wohnung. Kaum dass er die Haustür geschlossen hat, reißt er sie in seine Arme und küsst sie leidenschaftlich. Sie lieben sich die ganze Nacht. »Nimm mich jetzt«, beschwört Anette ihn, »denn es wird nie wieder vorkommen! Nur diese eine Nacht werde ich dir gehören!« Doch damit hat sie sich verkalkuliert, denn die Faszination dieses Mannes ist so aufregend, dass sie sich erst später eingesteht, nicht mehr loslassen zu können.

Lügenkarussell

Es gibt ein Leben nach der Liebesnacht in Plön. Anette will Jonatan auf keinen Fall verletzen, denn sie ist sich gewiss: Ihre Familie steht an erster Stelle. Aber warum hat das nicht funktioniert, als sie Rudi getroffen hat? Die Reue und die Scham kommen in dem Augenblick, als sie Jonatan gegenübertritt, der von seiner Ausstellung aus Köln zurück ist.

Das schlechte Gewissen ist ihr ins Gesicht geschrieben, denn sie ist sich sicher, diesen Vertrauensbruch wird er nicht akzeptieren. Fieberhaft überlegt sie, wie sie ihn davon überzeugen kann, dass das nichts mit ihrer Beziehung zu tun hat. Gleichzeitig ist sich Anette bewusst, dass Jonatan so etwas nie gutheißen wird. Er darf es also niemals erfahren!

Die kleine Luise läuft erfreut auf ihren Papa zu und er nimmt sie auf den Arm. »Na, mein Schatz, wie geht es dir? Warst du auch ein braves Mädchen?«

»Das bin ich doch immer. Hast du jetzt Zeit, mit mir zu spielen? Du warst so lange weg. Das ist doof.«

»Ja, leider bringt mein Beruf das mit sich, aber

nun bin ich ja da und du darfst bestimmen, was wir jetzt machen.«

»Wir spielen natürlich am Strand!« Und schon saust sie in Richtung Wasser zu ihrem Lieblingsspielplatz.

Allein gelassen, überlegt Anette, was sie Jonatan sagen wird, wenn sie wieder eine Nacht in Plön verbringen will.

Die Affäre geht also weiter und das Lügenkarussell beginnt, sich unaufhaltsam zu drehen. Wie lange kann es dauern, bis Jonatan misstrauisch wird?

Das geht schneller als gedacht. Jonatan hat bei seiner Rückkehr sofort gemerkt, dass Anette anders ist als sonst. Noch nie hat sie sich so seltsam bei ihrer Begrüßung verhalten. Er ist dann auch nicht sonderlich erstaunt, als sie ihm erklärt, sie müsse unbedingt nach Plön, um sich noch mal mit Beate zu treffen. Sie wollen einen bestimmten Kinofilm anschauen, der nur in der Nachtvorstellung gezeigt wird. Natürlich wird sie dann bei ihr übernachten. »Ich bin dann im Laufe des Tages wieder hier. Luise freut sich bestimmt, wenn du sie ins Bett bringst und ihr eine Geschichte vorliest. Das kannst du ja selten genug.«

»Hm, da hast du recht, ich werde es ordentlich ausnutzen, mit meiner Tochter Zeit zu verbringen.«

Aber anstatt sich mit Luise zu beschäftigen, bringt er sie zu seiner Schwiegermutter. Dort ist sie gut aufgehoben. Er muss einfach wissen, was Anette in Plön treibt.

Doch dann wäre er am liebsten woanders auf der Welt. Jonatan bricht es das Herz, als er sieht, mit wem sich seine Frau trifft.

Rudi und Anette beginnen wieder mit einem kleinen Dinner in ihrem alten Restaurant. Sie ahnen nicht, dass Jonatan in der Nähe ist. Verdeckt wartet der Beobachter und folgt ihnen unauffällig, als sie Hand in Hand das Lokal verlassen. Für ihn bricht eine Welt zusammen. Seine geliebte Frau betrügt ihn mit ihrem ehemaligen Chef.

Warum setzt sie ihre schöne gemeinsame Zeit für den Mann aufs Spiel, der sie früher so sehr hintergangen hat? Er kann es nicht fassen, setzt sich in sein Auto, schlägt verzweifelt auf das Lenkrad ein und schreit seine Enttäuschung heraus. Es rauscht in seinen Ohren, als er den Wagen anlässt und losfährt. Irgendwie muss er seine Emotionen in den Griff kriegen.

Seine Besonnenheit und der Gedanke an die schwierige, kurvenreiche Strecke halten ihn davon ab, zu rasen, dennoch geht er ans Limit. Im Bruchteil einer Sekunde sieht er auf der Straße einen schwarzen Schatten in seinem Lichtkegel. Keine Zeit zu reagieren, keine Zeit zum Nachdenken. Es kracht! Das Wildschwein fliegt durch die Luft und das Auto landet an einem Baum.

Hier endet das Leben des erfolgreichen Künstlers Jonatan Endrokat.

*

Nach ihrer aufregenden Liebesnacht ist Anette auf dem Heimweg. Was ist dort vorne in der Kurve los? Sie wird von der Polizei an der Unfallstelle vorbeigewinkt und erkennt ein total zertrümmertes Fahrzeug in der gleichen Farbe wie Jonatans Auto. *Wieder ein Raser, der sich überschätzt hat,* denkt sie aber nur. Sie ahnt nicht, wie recht sie hat, denn der Fahrer hat in dem Moment die Kontrolle über sein Leben verloren. Noch weiß sie nicht, dass es auch ihr Leben ist.

Zu Hause wird sie schon von einem Polizisten erwartet, der ihr die Nachricht überbringt, dass ihr Mann einen schweren Unfall hatte. In diesem Augenblick weiß sie, dass sie an der Unfallstelle vorbeigekommen ist. »Es tut mir sehr leid«, sagt der Polizist, »er hat es nicht überlebt.«

Anette bricht zusammen. Ihre schwere Schuld und die Trauer um ihren geliebten Jonatan nehmen ihr die Luft zum Atmen. Wie kann sie so weiterleben?

Ich werde nie mehr glücklich sein

Ich werde nie mehr glücklich sein!

Dieser Satz wird ihr nicht mehr aus dem Kopf gehen. Sie hat den Menschen, den sie am meisten liebte, ins Unglück gestürzt und ihrer kleinen Tochter den Vater genommen.

Anette fällt in ein tiefes Loch. Sie kann sich nicht mehr erklären, wie es so weit kommen konnte. Was würde sie dafür geben, wenn sie die Zeit zurückdrehen könnte.

Ich werde nie mehr glücklich sein!

Die Leute bedauern sie und Luise, die jetzt ohne Vater aufwachsen muss. Sie ist noch klein, aber sie merkt die Veränderung. Papa kommt nicht mehr und Mama ist immer nur traurig.

Auf ihre Fragen bekommt sie nur vage Antworten.

Niemand weiß, wie es wirklich war. Nur Anette kann sich alles zusammenreimen. Jonatan muss ihr an jenem Abend gefolgt sein und sie mit Rudi gesehen haben. Danach ist es zu einer Kurzschlusshandlung gekommen. Sie ist sich bewusst, dass es ihre Schuld ist. Wie kann sie mit dieser Gewissheit weiterleben? Kann sie jemals mit jemandem darüber reden?

Ich werde nie mehr glücklich sein!

Bei der Beerdigung sind viele Leute da, die engste Familie, Anton und Liesel, Linda und Vera mit Mann, die Dorfbewohner, Gunda Schrader, sogar Xaver ist aus Bayern angereist und die Presse ist auch dabei. Schließlich wird hier ein bekannter Künstler zu Grabe getragen. Anette steht das nur mit Mühe durch und wird von Anton gestützt.

Doch irgendwann ist es vorbei, wenn es ihr auch wie eine Ewigkeit vorgekommen ist.

Alle sind wieder auf dem Heimweg. Ihre Freundinnen können aus beruflichen Gründen nicht länger bleiben, und so kann Anette sich ganz ihrer Trauer hingeben.

Ihr Bruder bringt sie nach Hause.

»Kann ich dich allein lassen, Schwesterlein? Du weißt, ich muss nun mein Vieh versorgen. Vielleicht kannst du mich in der nächsten Zeit ein bisschen unterstützen. Bei Traurigkeit hat die Arbeit im Stall bei dir doch immer etwas geholfen.«

Anette wischt sich die Tränen weg. »Danke, Anton, du bist ein guter Freund, besonders in schlechten Zeiten. Ich werde darüber nachdenken.«

Der kleinen Luise hat man diese Trauerfeier erspart. Sie ist bei ihrer Großmutter Minna und bleibt dort auch über Nacht.

Ich werde nie mehr glücklich sein!

Es wird schon dunkel, wenn auch der letzte Abendschein etwas Glanz auf das bewegte Meer legt. Es zieht Anette an den Strand. Nicht mal das gleichmäßige Schlagen der Wellen kann ihre wunde Seele beruhigen. Das Gefühl der trostlosen Einsamkeit wird etwas gedämpft, doch die Gewissheit, ihren geliebten Mann nie wiederzusehen, zu hören oder zu berühren, lässt sie vor Schmerz aufschreien. Sie sinkt in den weichen Sand und weint herzzerreißend.

Ich werde nie mehr glücklich sein!

*

Auch wenn sie es nicht glauben mag, das Leben geht weiter, nur etwas holpriger. Nachdem Gunda Schrader Anette bei dem künstlerischen Nachlass ihres Mannes beraten und ihr so vieles aus der Hand genommen hat, kann sie etwas aufatmen. Finanziell braucht sie sich keine Sorgen zu machen. Bevor Gunda abgereist ist, nimmt sie Anette in den Arm. »Wenn es auch jetzt noch nicht so aussieht, es werden auch für Sie wieder schöne Tage kommen. Sie werden ihre Tochter aufwachsen sehen, selbst wieder etwas für sich entdecken, was Sie erfreut. Das Leben war schon immer so, Trauer und Freude liegen dicht beieinander.« Anette dankt ihr mit Tränen in den Augen.

Und tatsächlich, seit Luise mit großer Freude

in den örtlichen Kindergarten geht, hat Anette Zeit für sich und beschließt, wieder bei ihrer alten Firma zu arbeiten. Sie wird dort mit offenen Armen empfangen. »Machen Sie bloß nie wieder so eine lange Pause, alle haben Sie hier vermisst. Ich besonders.« Sie hat das Gefühl, ihr Chef würde sie am liebsten umarmen. Sofort ist sie wieder mit den alten Abläufen vertraut. Solange sie in der Firma ist, lebt sie auf und vergisst für kurze Zeit ihre Trauer und ihre Schuld.

Nach der Arbeit holt sie Luise aus dem Kindergarten ab. Sie ist dann meistens ein wenig aufgedreht nach den ganzen Stunden mit den anderen Kindern. »Mami, Mami, wann kommt Papa endlich wieder? Er ist schon so lange weg.«

Anette hat sich vor dieser Frage gefürchtet. Was erzählt man einem vierjährigen Kind, wenn sein Vater gestorben ist? Die Version »Papa ist im Himmel und schaut immer auf dich herab« oder »Papa ist für längere Zeit verreist«? Die Wahrheit kann so ein kleines Mädchen doch gar nicht verstehen.

Anette nimmt ihre kleine Tochter auf den Schoß.

»Mami, warum weinst du?«

»Weil ich sehr traurig bin. Du möchtest doch wissen, wo Papa ist. Dein Papa wird nicht mehr zu uns zurückkommen.«

Luise schaut sie erschrocken an. »Warum denn nicht, Mami, war ich ungezogen?«

»Nein, nein, mein Kind. Papa hatte einen Autounfall.«

»Und jetzt kommt er nicht mehr?«

»Jetzt ist er ein Stern am Himmel. Er wird immer auf dich herabsehen und wenn er leuchtet, kannst du mit ihm sprechen.«

»Und er kommt nie wieder?«

»Nein!«

Nun weinen beide.

Freundinnen

Es ist noch kein ganzes Jahr seit Jonatans Unfall-
tod vergangen, als es wieder ein Treffen der Freundinnen gibt. Wie immer hat Anette alles organisiert und die Zimmer bestellt. Doch diesmal ist es
anders. Noch nie mussten sie sich mit so einem
Verlust befassen, der eine von ihnen direkt betrifft wie in diesem Fall, aber auch sie vermissen
einen Freund. So gehen Linda und Vera genau wie
Anette mit gemischten Gefühlen in das Wochenende.

Bei der ganzen Vorbereitung ringt Anette mit
sich, ob sie ehrlich sein kann oder ihre Freundinnen sich von ihr abwenden, wenn sie die Wahrheit
erfahren. Doch wozu sind Freundinnen da? Anette
wird ihnen haarklein berichten, was wirklich an
dem Tag geschehen ist, als Jonatan starb. Allein
der Gedanke daran lässt sie in Tränen ausbrechen.
Die Schuld, die sie auf sich geladen hat, droht sie
mal wieder zu erdrücken. Bis jetzt hat sie sich noch
niemandem geöffnet.

Wie immer stehen die drei Frauen im Mittelpunkt.
Sie werden vom Hoteldirektor wie alte Bekannte
persönlich begrüßt. Wenn sie inzwischen auch

älter geworden sind, sehen die drei immer noch umwerfend aus.

Obwohl Linda und Vera sich auf die Gespräche freuen, sind sie diesmal nicht ganz so aufgedreht, denn sie sehen Anette die Trauer an und wollen sie nicht überfordern. Trauer ist das eine, Ablenkung und Lachen das andere.

»Lass dich umarmen, Anette.« Linda breitet die Arme aus und ihre Freundin sinkt hinein. Als Vera auch noch dazukommt, stehen sie zu dritt eng beieinander und kämpfen mit den Tränen.

»Komm, wir gehen in das Kaminzimmer, da sind wir ungestört.«

Sie machen es sich bequem und wollen von Anette wissen, wie sie allein klarkommt. »Am besten geht es, wenn ich bei der Arbeit bin, denn dann habe ich keine Zeit nachzudenken. Sobald ich Luise vom Kindergarten abhole und sie mir freudig entgegenspringt, weiß ich, wofür ich noch am Leben bin, aber ich habe so eine große Schuld auf mich geladen, denn ich habe ihren Vater auf dem Gewissen.«

»Wieso denn das?« Die beiden Freundinnen schauen sie ungläubig an.

»Wenn ich euch das anvertraue, dann wollt ihr nichts mehr mit mir zu tun haben. Ich werde trotzdem alles erzählen, aber ich bitte euch, keine Fragen zu stellen.« Anette ist todernst und fängt ganz von vorn an.

Sie berichtet, wie sie in Plön zufällig Rudi Winter

getroffen hat und die alten Gefühle sie urplötzlich übermannt haben. Ohne zu überlegen, verbringt sie eine leidenschaftliche Nacht mit ihm, und es sollten noch weitere folgen. »Jonatan zu betrügen und zu belügen, fiel mir nicht leicht, und er muss es wohl auch gleich gemerkt haben, denn er ist mir an jenem Abend gefolgt. Am Morgen kam ich an der Unfallstelle vorbei, ohne zu ahnen, wer da verunglückt ist, obwohl mich das zertrümmerte Auto, wegen der gleichen Farbe wie Jonatans Wagen, hätte stutzig machen müssen.

Zu Hause erwartete mich schon die Polizei und überbrachte mir die schreckliche Nachricht.« Anette bricht in Tränen aus. »Ich konnte noch mit niemandem über meine Schuld an Jonatans Tod sprechen. Ich werde nie mehr glücklich sein. Und wenn ihr jetzt nichts mehr mit mir zu tun haben wollt, kann ich es sogar verstehen.«

»Nein, nein, nein!« Linda und Vera haben genügend Lebenserfahrung, um zu wissen, dass so etwas jedem passieren kann. Wenn man zum Beispiel jemanden trifft, den man noch nie vorher gesehen hat, der aber so eine Anziehungskraft auf einen ausübt, dass der Verstand aussetzt, dann kann alles geschehen.

»Nein, ich verurteile dich nicht.« Vera legt sich ins Zeug und Linda nickt zustimmend. »Deine Schuld ist nur, nicht treu gewesen zu sein. Jonatan ist allein in den Tod gerast. So viel Verständnis man auch für ihn haben mag, aber das hat er selbst zu verantworten, obwohl ich ihn immer für einen sehr besonnenen Mann gehalten habe.«

So hat Anette das noch nie gesehen. Sie ist erleichtert, wenn auch die Trauer um ihren geliebten Mann bleibt. Ihr ist noch etwas eingefallen, was sie bei der ganzen Aufregung während der Beerdigung vergessen hat. »Noch etwas, ich habe euch doch schon mal von dem Kommissar erzählt, Gerhard Hollmer, der den üblen Verbrecher überführt hat. Ich war ziemlich erstaunt, als er bei Jonatans Beerdigung auftauchte. Jetzt erinnere ich mich dunkel, dass er von einem Wildschwein sprach, konnte aber nichts damit anfangen.«

»Vielleicht meinte er damit, dass Jonatan einen Wildunfall hatte und er nicht absichtlich in den Tod gerast ist.«

»Ja, das wird mir jetzt erst bewusst. Es ändert aber nichts an der Tatsache, dass ich der Auslöser war.« Anette bereut es nicht, sich ihren Freundinnen geöffnet zu haben. Dabei hat sich ein anderer Aspekt ergeben, der sie etwas versöhnlicher in die Zukunft schauen lässt.

*

Das Wochenende mit ihren Freundinnen bleibt Anette noch lange im Gedächtnis. Sie ist so froh, mit ihnen über alles gesprochen zu haben. Wenn auch die Trauer bleibt, so ist dieses Gefühl, das sie zerschmettert und nicht mehr atmen lässt, seit dem Gespräch gelindert.

Spaziergänge am Strand in der Abenddämmerung oder das morgendliche Schwimmen im Meer, die Arbeit in der Firma, das Glück, eine gesunde, fröhliche Tochter aufwachsen zu sehen, erfüllen Anette mit Dankbarkeit.

Wenn auch die Kate, die Jonatan so perfekt ausgebaut hat, sie jeden Tag an ihren Mann erinnert, ist sie froh, direkt am Strand zu wohnen. Hier am Meer, wo Luise sich frei entfalten, im Sommer mit ihren Freunden im Sand und Wasser herumtoben, im Herbst und Winter wie einst ihr Vater den Strand nach Treibgut absuchen kann, hier sind sie zu Hause.

Hier ist die Düne, auf der Jonatan so gern gesessen und geträumt hat.

Jetzt sitzt dort Anette und schaut in die weite Ferne, lässt die Gedanken ziehen und sieht den Segelbooten hinterher, die wie große weiße Vögel am Horizont dahingleiten.

Ende

Nachwort

Was hat mich bewogen, gerade diese Geschichten über Freundschaft und Menschlichkeit zu schreiben? Ich finde, in unserer heutigen schnelllebigen Zeit ist diese lebenslange Verbundenheit der drei Freundinnen eher selten. Wie sie es geschafft haben, ein unabhängiges, selbstständiges Leben zu führen und dabei auch immer wieder ihre Freundschaft zu pflegen, war mir Antrieb genug, darüber ein Buch zu schreiben. Ein kleines Konzept hat mir als Rahmen für diesen Roman gereicht. Viele Ideen sind während des Schreibens gekommen. So war ich oft erstaunt, was in den Stunden vor dem PC entstanden ist. Selten bin ich mit ganz konkreten Vorstellungen in die Geschichte reingegangen. Deshalb war auch immer alles offen bis zum Schluss.

1945, die Zeit, in die die Protagonisten hineingeboren werden, gehört zur deutschen Geschichte. Geflüchtete und Einheimische müssen das Beste aus diesem Dilemma machen. So gehören Linda mit ihrer Familie und Jonatan mit seiner Mutter Alwara zu den Menschen, die hier an der Ostsee eine neue Heimat gefunden haben. Linda, Anette und Vera gehen erfolgreich ihren Weg. Die Männer an ihrer Seite sind vom Schicksal geprägt und besondere Charaktere. Nur schade, dass ein besonderer Mensch die Kontrolle über sein Leben verloren hat. Das Dasein ist eben nicht nur Glückseligkeit, sondern spielt oft mit Versuchungen. Manchmal fällt man darauf herein und fragt sich hinterher, wie das nur passieren konnte.

Ein übler Verbrecher treibt sich in meiner Geschichte herum, der vergewaltigt und mordet, bis ein gewisser Kommissar ihn mithilfe einer jungen mutigen Frau stellt, wenn auch viel zu spät. Es wird ein Kaleidoskop des Lebens aufgeblättert.

Die Autorin

 Die Autorin Hella Westphal wurde 1943 in Sehlendorf an der Ostsee geboren. Ihre Bücher sind alle mit dem Meer verwoben. Nach der ersten Familiengeschichte, »Grüne Inseln im Sand«, hat sie die Leidenschaft für das Schreiben nicht mehr losgelassen.

So sind noch eine Autobiografie und zwei Romane entstanden.

Seit 1979 lebt sie in Aukrug.